湊は急に、もふもふとした毛並みの感触に包まれた。ああ、リートが獣化したんだ——と、目を開かなくともわかる。大きな、真っ白いライオンが、くるりと体を曲げて、湊をくるみ込んでいるのだ。

白銀《はくぎん》の獅子王《ししおう》と祝福《しゅくふく》のショコラティエ

高原《たかはら》いちか

ILLUSTRATION：サマミヤアカザ

白銀の獅子王と祝福のショコラティエ

LYNX ROMANCE

CONTENTS

白銀の獅子王と祝福のショコラティエ

「みゃー！」

そいつは、二本の前脚を高々と上げて、勢いよく飛びついてきた。まだ幼く、体つきも貧弱だった氷見湊《ひみみなと》は、「うわあ」と声をあげて尻もちをついたのだ。そんな湊の胸元によじ登ってきたそいつは、また「みゃー」と鳴いた。

「みゃー、みゃー」

湊は、その輝くように白い生き物を見つめたまま、しばらくピキンと固まった。人間は理解不能な事態に直面すると、パニックを起こすのだと、生まれて初めて知った瞬間だった。

「みゃー、みゃー」

鳴き声は、猫に似ている。だが大きさは、柴犬ほどもある。ぬくぬく育って太りに太ったとしても、猫にしては大きすぎるだろう。体重もずしっとして、一丁前に重い。だが丸い耳に丸い顔、ころんと丸い体つきと、大きくてあどけない濡《ぬ》れた目は、それがまだ幼獣であることを示していた。湊にじゃれかかる手足はどすんと太く、パジャマにひっかかる爪は、猫よりもはるかに大きく鋭かったけれども。

「き、きみ……何だ？　猫？　猫……じゃ、ない、よね？」

戸惑う湊にのしかかりながら、白い幼獣は、また「みゃー！」と鳴いた。その口の中に、真珠色の牙《きば》が光っている。小さいながらも猛獣だ。こんな猫がいてたまるか。どう見ても、この子は……。

「ライオンの、子ども……？」

でもライオンって、こんなに真っ白だったっけ。まるで朝日を浴びて輝く新雪みたいだ。

おそるおそる触れる。あったかい、と思う。

そして、つぶやく。

「きれい、だ……」

この子、なんて、きれいなんだろう——。

湊は九歳。季節は夏。

大人になってなお忘れられない、摩訶《まか》不思議な「少年時代」は、こうして始まったのだ。

＊　＊

「……うと、……ょうとです……」

まどろみから目覚めると、車内アナウンスが、次の停車駅の名を連呼していた。観光地として名高い、日本随一の古都。東京《とうきょう》発の新幹線を降りる準備をし始めた人々は、大半が外国人だ。

(それにしても、ずいぶんと懐かしい夢を見たな……)

あれは九歳の夏のことだ。季節がもう半分回れば、ぴったり二〇年昔のことになる。二〇年！　変化の早い今の世の中では、もう立派な大昔だ。湊の中では、まだつい昨日のことのように記憶鮮明なのに。

（もうぼくも、アラサーだもんなぁ……）

うんざりしていると、不意に通路を挟んだ隣席から、ばりっ、と包装を開ける音がした。見ればそこでは、パートナーと共に旅行中らしい、燃えるような赤毛の白人女性が、今まさにチョコレートバーに齧《かじ》りつこうとしている。

ぱきっ、と心地よい音。そしておもむろに、女性は手元の雑誌のページをくり始めた。ぺらりと開いたその一面に、他ならぬ自分の顔を発見して、湊はぎょっとする。

そこでは、今現在の当人が赤面するほど鼻持ちならない表情で、一年前の自分が、白衣の胸にメダルを下げ、スポットライトを浴びている。湊は慌ててサングラスをかけ、顔を隠した。

『ねえ、ちょっとこれ見てよ！』

『ん？　何だいダーリン？　また君がご贔屓《ひいき》にしているショコラティエの話かい？』

『そうよ。期待の新星ショコラティエ、ミナト・ヒミは、現在はニューヨーク在住。老舗のショコラ工房ドルチェ・ヴィータに所属しているが、再来年春を期して日本に帰国、自身のショコラブランドを立ち上げる予定である……ですって！』

そのときはまた日本に買いにこなきゃ、と期待に胸を膨らませる女性には悪いが、日本で店を出す計画など、湊は承知していない。おおかたまた、商売っ気の固まりのようなあのコンサルタントが、勝手に取材を受けて口から出任せを並べ立てたのだろう。

ああ、疲れた……と、背もたれに身を投げる。

「いっそもう、本当にやめちゃおうか……ショコラティエなんて」

何もかも虚《むな》しくなったその瞬間、ふと、よみがえった記憶がある。

こりこり、と歯に響く食感。ふわりと立ち上るカカオの香り——。

(ああ、そうだ、あのときもこんな風に、新幹線の中にいたんだ。あれは……父さんを亡くしてすぐ、お祖父《じい》さんに連れられて、生まれて初めてこの街にやってきたときの——)

＊　＊

湊の祖父は、確か舟一《しゅういち》という名だったと記憶している。菓子職人だった父を突然の事故で失ったあと、九歳の湊はこの祖父にとりあえず引き取られたのだ。

とりあえず、というのは、祖父には孫を長期的に養育する意志がなく、できることなら早くに離婚した息子の嫁に孫を委ねたい、と考えていたことによる。

「だがなぁ」

あのとき、祖父は孤児になった湊を連れて古都に戻る新幹線で、首を振り振り、深くため息をつく風情だった。

「お前の母さんの消息がなぁ、どうも今ひとつはっきりわからんのだよ。今どこで暮らしているのか、誰かと再婚しておるのか、お前を引き取って育てられる状態かどうか……まずは調べて、問い合わせにゃならんことが山積みでなあ」

どうも二、三日で済みそうもないんだと。そうこぼす祖父の顔を、九歳の湊はまじまじと見つめた。祖父は眼窩《がんか》が深く、どこか外国人じみた容貌をしていて、その特徴は亡父と共通していた。なるほど確かにこの人はお父さんの親であるに違いない。今まで、会ったこともなかったけれど――。

この人は、一緒にいる間、ぼくを大事にしてくれるだろうか。意地悪なことをされないだろうか――？　不安なことだらけだ。

そんな孫の顔を横目に見て、祖父はふぅとため息をつき、「ほら」と何かを乗せた手のひらを突き出した。

そこに乗っていたのは、小ぶりな、けれど美しい化粧箱だ。

「半分やろう。食べなさい」

祖父が蓋を開くと、そこには甘い芳香を放つ、世にも美しいものが六つほど鎮座していた。一粒は大人の親指の頭くらい。けれどそれは一粒ずつ丁寧に紙のカップに包まれ、さらにそれぞれが箱の仕切の中に置かれている。色はなじみのココア色だけではなく、白いものも赤いものもあり、ナッツや金箔《きんぱく》で飾られたものもある。

チョコレート？　でも、いつも食べている板チョコとは似ても似つかない。まるで宝石みたいだ。

（なんて、きれいなんだろう……）

湊は一瞬、胸をさいなむ悲しみや不安を忘れた。目を丸くして見つめている孫に、祖父は「どれでも、好きなのを選んでいいぞ」と告げる。

「ただし、ゆっくり味わって食べるんだ。これはそんじょそこらのスーパーで売られている大量生産品の『チョコレート』とは違う。腕に覚えのあるショコラティエが一粒ずつこしらえた『作品』なんだからな」

「――しょ、しょこらてぃえ？」

それは、初めて耳にする言葉だった。湊の亡父は菓子職人だったが、そうは名乗っていなかった気がする。

孫の不審そうな視線を受けて、祖父は一粒をつまみ上げた。それを目の前にかざして、しげしげと鑑賞する。

「ショコラティエの語原はポルトガル語の『宮廷ココア担当官《チョコラティッロ》』だ。当時ショコラは精力剤……ま、元気の出る薬だな、まあそんなものとされていて、特権階級の中でも特に高貴な身分の人間しか口にできんかった。そういう一切合切を取り仕切るのがショコラティエだったんだな」

うんちくを垂れた祖父は、ぽいっ、とショコラを口に放り込んだ。コリコリ、と嚙《か》む音はすぐに消え、皺《しわ》深い顔ににんまりと笑みが広がる。

「ショコラが元気の出る薬っていうのは、まあ、わしの経験上、あながち迷信でもないな。落ち込んだときはこれに限る」

「……」

「だからほれ、好きなのから食べなさい。早いもの勝ちだ」

湊は思わず祖父の顔を見た。言葉つきに柔らかさはないが、どうやら、この人はこの人なりに親を亡くした孫の傷心をなぐさめようとしているらしい。

「い、いただきます……」

緊張しつつ、一粒つまみ上げる。艶やかに光る紅《あか》い衣でコーティングされたそれは、粒ぞろいの中でも特に宝石めいて見えた。

こんな美しいものが、本当に食べられるのかな。

内心少し疑いつつ、湊は前歯を立てた。こりっ、と音がして、紅いショコラが半分に割れる。指先と、口の中に。

外側から、紅、ココアブラウン、白、と三層になった断面が見える。紅い層は甘酸っぱく、何かの果実の風味がした。

――あれ、でも、あんまり甘くない……？

孫のそんな顔を見て、祖父は笑った。

「ふふ、おいしくないか」

そうだろうと思っていた、というような表情だ。

「量産品ほどわかりやすい甘みはついておらんからな」

こいつは大人にしかわからん味だ、と祖父は言い、また一粒、口に放り込んではにんまりと笑った。その口元からちらりと見えたのは、尖《とが》った犬歯の先だ。

(……っ?)

湊はびくん、と震えた。何だ? 今一瞬、祖父の顔が、人でないものに見えた――。

「何だ、もう食べないのか?」

二粒目に手を出そうとしない孫を見て、祖父はあっさりと小箱を引っ込める。もっと食べなさい、と勧めるでもなく、さっさと残りのショコラをひとりで平らげていく。その横顔を見ながら、湊はぎゅっと身を竦《すく》ませた。

新しい暮らしが始まろうとしていた――。

＊　＊

タクシーが停車する感覚に、湊はふっと白昼夢から目覚めた。目の前の光景が、少しずれたサングラスのレンズ越しに見える。

「お客さん」

着きましたよ、と話しかけてくる運転手の声に、ようやく思い出す。ああ、そうだ。今、自分は、タクシーで亡き祖父の家に向かっているところだったのだ。あまりにもあのときと同じシチュエーシヨンだったから、今いるここが過去か現在か、わからなくなっていた……。

「いただいた住所からすると、確かにここですがねぇ」

見るからに来訪者《よそさん》を扱い慣れたタクシードライバーは、いかにも不審げに車窓から古びたビルを眺めている。こんな観光地でもない場所を、わざわざ訪ねてくるなんて――。

(麻薬の売人とでも思われたかな)

長いニューヨーク暮らしの後遺症でとっさにそんな発想が出てきてしまう自分に苦笑しつつ、「ええ、ここで間違いありません」と答える。地元民が、サングラスで顔を隠した見慣れない男を警戒するのは仕方がない。

「実は、ここの持ち主だった祖父が半年前に他界しまして。ぼくが遺言で相続したばかりなんです。今まで弁護士さんに任せきりで、来るのは子どもの頃以来なんですけど」

「ああ、そういうことですか。なるほど」

運転手はひとりで納得してうなずいた。「近頃はそういう話をよく聞きますな」と付け加えて。

タクシーが走り去ったあと、大きなトランクを脇に、ぽつんと残された湊は、サングラスを外して、改めて古都の冬空の下のビルを見上げた。

ひゅーん……と風が鳴る。

(初めて見たときも、何だか陰気で怖い感じだな、と思ったけど……)

レトロながらモダンな外観デザイン。おそらく、建てられたのは元号が昭和だった時代の初期頃だ

ろう。もう少し手入れがよければ、「アンティークで味がある」とも言えたかもしれない。だが祖父は古びるに任せるだけで、外見をこぎれいにすることなどに、まったく関心を払わなかったらしい。よくまあこれで、家賃収入があったものだ。

ごろごろとトランクを引きずり、埃《ほこり》まみれのガラスドアに近づいて、覗《のぞ》き込む。店子《たなこ》がいる気配はないが、幸い、ゴミ屋敷にはなっていないようだ。ほっとしつつ、弁護士を介して祖父から受け取った鍵を取り出した。

木枠の中にはまった一枚ガラスのドアが、キィィィ……と音を立てて開く。

その瞬間、湊はぶわりと襲いくる風に、全身を包まれた。

「……っ!」

思わず目を閉じ、腕で顔を庇《かば》う。そうして、風が治まったとき、湊はまたしても、自分が過去にいるのか現在にいるのか、今の自分が、九歳の少年か二〇年後の青年かが、わからなくなった——。

あの、九歳の夏。

——湊、ショコラをやろう。今日のメーカーは『マリードロテア』だ。

美しい化粧箱を手にした祖父が、湊の部屋に入ってくる。ひとりで本を読んでいた湊は顔を上げた。半分、またか、と思いながら。

祖父のショコラ好きは相当なものだった。彼は四辺の壁がすべて書架になった薄暗い書斎の、乱雑に本や書類を積み上げた机の上のどこかに、いつも高名なブランドショップの箱を置いていた。祖父はそれを、「ほら、お食べ」と気前よく湊に分けるのだ。

まるで子どもをいたわる方法を、それしか知らないかのように、いつも、いつも。

……いただきます。

行儀よく言ってから、指を伸ばす。こりっ、と一口齧る様子を、祖父が凝視している……。

子ども時代の思い出に、くすりと苦笑いを漏《も》らしつつ、湊は部屋の窓を開いて風を入れた。あの頃、湊にあてがわれていた寝室。本棚だらけの祖父の書斎。廊下。そして何より、手動でドアを開け閉めする、古風な蛇腹《じゃばら》扉のエレベーター。

三階建てビルの最上階。小洒落《こじゃれ》た言い方なら、いわゆるペントハウスになっているその住居は、おそらく半世紀以上、祖父ひとりの城だった場所だ。古びて、くすんで。ものの配置もカーテンも、なにひとつあの頃から変わっていない。

「じいちゃん……」

そこかしこに息を潜めているかのような祖父の気配に、一応の義理として、心の中でただいま、と唱える。

ただいま、じいちゃん。

――ほう、ピスタチオを選んだか。ではわしはこのヌガー入りのにしよう。お前、あと二粒はどれにする？

湊が最初の一粒目をもぐもぐやりながら、これと、これ、と指さすと、祖父はその二粒を紙カップ

ご と孫の手に置き、「ではな」とさっさと引き上げてしまう。

ぱたん……と閉まるドアを見つめて、九歳の湊は何とも言えず寂しい心持ちになった。その寂しさは、大人になった今も胸の中の感触として残っている。

「変わらないなぁ」

古都を吹き抜ける風に身をさらして、湊はしみじみと懐かしむ。古い街だが、買い物にも公共交通機関での移動にも不自由が少なく、暮らしやすさは充分だ。

──それに……この街の、この場所であれば、また……。

(不思議なことに巡り会えるかもしれない)

みゃー！　と鳴く甲高《かんだか》い声。

彼の面影は、子ども時代を通じてずっと、湊の心の中で鮮烈だった。だが大人になり、長い時を経るうちに、あれは夢か幻だったのではないか、いやそうに違いない──と、ずいぶんあやふやになってしまった。

それでも、「ぼくが悪かった」という思いの苦さだけは、はっきりと残っている。

アルトリート。リート。ぼくの真っ白い君。ごめん、ぼくが悪かった。わからずやでわがままだった。でも、ぼくももう大人になったから、素直にごめんって言いたいんだ。だからどうか、君が幻《まぼろし》でないのなら、もう一度ぼくの前に姿を現してくれ……。

「うん、やっぱりそうしよう」

湊は気持ちを決めた。

「しばらくはここで隠居生活だ。やっかいになるね、じいちゃん」

窓から吹き込む風に揺れたカーテンが棚の上を払い、小さな置物を倒して、ことん、と音を立てた。

＊　＊

（うわ）

夜中に、ぱちん、と目が開いてしまって、九歳の湊は困惑した。

（おトイレ、朝までがまんできるかな……）

もぞもぞと、寝返りを打つ。古びたビルは、子どもには恐ろしい場所だった。壁にかかる色あせた油絵や、棚の上に鎮座しているどこか遠い国の民芸品らしき置物。どれもこれも、暗い中では不気味なお化けに見える。

「……うう」

だが、もうこうなったら仕方がない。ぎりぎりまで我慢した湊は、覚悟を決めてばさりとタオルケットをはぐった。九歳なりの男子の意地にかけて、おもらしだけは絶対にごめんだ。

古くて重い真鍮《しんちゅう》製のドアノブをがちゃりと回すと、そこには重々しい暗闇が横たわっている。ひるみつつも、湊はパジャマ姿で一歩を踏み出した。ぱたん、とスリッパの音が響く。

決死の覚悟で闇の中を小走りにトイレに向かい、震えながら無事に用を足せたときは、心からほっとした。そうしてあとはまたベッドに戻るばかり——となったそのときだった。

「みゃぁぁあぁぁぁん」

甲高い獣の声が響いたのは。

「ひ」

心の底から恐怖した瞬間は、声も出せない。何？　今のは——何？

「みゃぁぁぁぁあああああんんんんん」

錯覚じゃない。気のせいじゃない。紛れもなく何かが、このビルのどこかで鳴き声をあげている。

「ね、猫……？　猫だよね、そうだよねっ？」

誰もいない周囲に向かって、そうだと言ってくれ、とばかり、すがるようにそう喚《わめ》く。お願いだ、猫であってくれ——！　そんな心の中の叫びをあざ笑うかのように、また不気味な音が鳴り響いた。

背後から。

がちゃり、がちゃ、と、錆《さ》びついたような機械音……これは……まさか。

「エ、エレベーター……？」

祖父の話では、「もうとうの昔に壊れたまま、動かない」はずの、古びた蛇腹式ドアを持つそれが、がしゃ、がしゃ……と軋《きし》るような音を立てて動いていた。

恐怖で動けない湊の目の前に、ちーん、と音を立てて、エレベーターの箱が到着する。

——ひぃ……！

だが案に相違して、蛇腹式のドアは開かなかった。それも当然で、古い方式のエレベーターはいちいち人間が手で開け閉めするものなのだ。今どきの子どもである湊は、そんなことは知らない。知らないままにぺたんと座り込んでいると、またしても、あれが響いてきた。

「みゃあぁぁっぁぁあああん」

いる。

——エレベーターの、中に。

(野良猫が迷い込んだのか……？)

そうか、それで、猫がたまたま機械の何かに触れて、エレベーターが動いてしまったんだ。湊はほーっ……と全身から力を抜いた。何だ、そうだったのか、何だ。

猫が迷い込んで閉じ込められ、おびえて鳴き声をあげている。だったら、助け出さなくちゃ……と考えたときにはもう、湊は蛇腹のドアを引き開けることに、少しの躊躇《ちゅうちょ》も感じていなかった。

引き手を摑《つか》む。塗装が剝《は》げて錆びた金属の感触。がっちゃん、と真夜中にしては大きな金属音がして、ドアが開く。その瞬間。

「みゃーっ！」

真っ白い、柴犬ほどの大きさの生き物が、しなやかな動きで湊に飛びついてきたのだった——。

「何だ湊、こんな夜中にいったいどうした」

正体不明の白い獣に押し倒されている孫を見て、パジャマ姿で起き出してきた祖父は、心配、というよりは呆《あき》れかえった声で尋ねてくる。

どうした、と言われても困る。見たとおりの状況だ。やたらにすり寄ってくる獣を受け止めながら、

「ラ、ライオン……ライオンがっ」と答える。その口先を、なま温かい舌でぺろぺろと舐《な》められた。

「ライオン？」

うさんくさそうな声を漏らした祖父が、近づいてくるなり、白い獣の後ろ首をむずと摑んで持ち上げた。獣は「んみゃぁぁあ」と反抗的な声をあげたが、宙に吊《つ》られてしまっては何もできないのか、四肢をわきわきと動かしながらも、大人しく摑み上げられている。

「野良猫だな」

摑み上げたままの獣をためつすがめつ、祖父が言った。「オスか」と断言したのは、後ろ脚の間を凝視したからだろう。白い獣はそれに抗議するかのように、「みゃっ！」と鳴いて、脚をもじもじとバタつかせる。

「猫っ？　で、でも、こいつって、どう見ても——」

こんな猫がいるわけがない、と湊は反論しようとしたが、

「猫だ」

祖父はにべもない。

「こんな場所に、猫以外の猫に似た生き物がいるわけがない。したがって、こいつは猫だ」

「……」

そんな理屈って、あり？

祖父がわりと変な人であることを、湊は改めて思い知った。すると、祖父はその白い獣を、ぽいっと湊に投げて寄越した。

「うわっ、と」

両腕でがっしりと受け止め、どうにか、床に落ちるのを防ぐ。白い獣も怖い思いをしたようで、ひっしに爪で湊にしがみついてきた。痛い！ でも、怖がっている幼い生き物を、放り出すなんて可哀《かわい》想《そう》でできない……。

「明日になったら、そいつの食い物を用意してやろう」

祖父はくるりと背を向けながら告げた。

「今夜はお前が面倒見てやりなさい、湊」

「……ぼ、ぼくが？」

「そいつはどうやら、お前がお気に召したようだからな」

言い置くと、祖父はすたすたと自室に引き上げ、ばたん、とドアを閉じてしまう。いつものことながら、まああっさりした人だ。

「面倒見て、ったって……」

どうすればいいんだ、と困惑しつつ、腕の中の獣を見る。

するとと獣のほうでも、湊を見つめていた。濡れたように光る瞳は、思わず息を呑《の》むような空色で、ふちどりの漆黒には、「おねがい」と言いたげな切ない感情があふれている。

――おねがい、いっしょにいて。いっしょにいて。さみしい。

「う」

湊は胸が詰まる。父親を失ったばかりの心細さや、人恋しい気持ちに、この獣のそれが重なってくる――。

「よしよし」

湊は宙づりのような体勢になっていた白い猫――まあ、とりあえずそういうことにしておこう――を、尻の下から支えるように抱き直した。

「どこから来たのか知らないけど……きみもひとりぼっちなんだな」

「なぁん」

そう、そうなんだよ。

だからいっしょにいさせてね。どうか、おねがい。

「なぁーぁぁぁん」

前脚の肉球が、湊の胸元を押す。ふみ、ふみ、と左右交互に。

「わかったわかった」

湊は誇らしい気持ちで告げる。

「とりあえず、ベッドに行こうか。朝まで一緒に寝よう」

「みゃあーん！」

喜びの声をあげる白い獣を、湊はしっかりと抱きしめた。「かわいいなぁ」とつぶやきながら頰《ほお》ずりすると、獣はもちもちした体をすり寄せることで、それに応えてきた——。

＊　＊

「なあ、考え直せよ、氷見」

旧知の男の媚《こ》びるような声に、湊はハッと現実に戻った。どうやら、手を動かしながら、また白昼夢にふけっていたらしい。

——ダメだな。どうも帰国以来、目を開けたまま眠る癖がついてしまったみたいだ……。

「お前さんはもうちょっとで、押しも押されもしないショコラ界のスターになれる身なんだぜ？」

男は困惑したような表情を浮かべて、湊に迫ってくる。

「マスコミに顔が売れだして、今が一番大事な時期なんだ。それを、何だ？　しばらく仕事したくない？　ふざけんのも大概にしとけよ。一度トップからドロップアウトしたショコラティエが、また気が向いたときに復帰できるような甘い世界じゃないことくらい、お前さんだってわかってるだろ？」

「あのね、海老原《えびはら》」

湊は仕上げたトリュフチョコを並べたバットを移動させながら、応える。

「ぼくは俳優《アクター》でもアスリートでもないんだ。スターだのトップだの、そういうのはよそでやってくれよ。他人との競争には興味ない」

「おいおい、何言ってんだ」

海老原は、見るからに金をかけた上物のスーツに包んだ肩を、少し柄の悪い仕草で竦めて見せる。いかにもやり手のブローカーだ。

「お前さんが、その見目のよさで評価されんのを嫌がるのは今に始まったことじゃねぇけどよ、生き残るためにはそういうのも必要なシビアな世界だってことくらい、ニューヨークで一〇年も揉《も》まれりゃ充分身に沁《し》みてるだろうが。ショコラに限らず、美食の世界は移り気で忘れっぽい、流行に敏感な顧客が支えてる。競争からこぼれ落ちた人間は、もう誰からも見向きもされねぇんだぜ？」

「構わないよ。もしそうなればショコラティエを辞めるまでだ」

「おい正気か、氷見……」

「疲れちゃったんだ」

四角く固めたヌガーをフォークですくい、溶かしたショコラにくぐらせて褐色の衣をまとわせる。このまま室温で一晩固めれば、ガナッシュの出来上がりだ。

「ニューヨークで、横領の疑いをかけられたとき、長い間一緒に働いてきた仲間は、誰もぼくを信じてくれなかった。まあ、店のトップである師匠が、ぼくを名指して疑っている状況じゃ、無理もないけどね」

「……」

「自分なりに人間関係もうまくこなしてきたつもりだったし、人に恨まれるようなことをした憶《おぼ》えもなかった……それなのに……今までの努力は何だったんだろう、って思ってね」

「そりゃ、濡れ衣を着せられたのはショックだったろうが……」

海老原はくちごもった。業界コンサルタントを名乗る顔の広いこの男も、あのときばかりは何もできなかったのだ。

「で、でもよ、あの件は結局、師匠の勘違いだったことが証明されて、お前さんの疑いは晴れたんだから、もういいじゃないか。ここだけの話だが、あのご老体はちょっとばかり認知症が……な。俺のじいちゃんも、息子の嫁に金を盗まれてる、って妄想する症状から始まったんだ。世間じゃよくあることさ」

よくしゃべる海老原の声に、ついフォークを握る手が震える。

「結局、誰が悪いって話でもなかったんだから、もうあんまりこだわるなよ、な？」

「……こだわっているわけじゃないさ」

いや、嘘《うそ》だ。まだこだわっている。敬愛する人から、人前で「泥棒」と罵られた屈辱や悲しさが、そう簡単に消えるものではない。

あの瞬間、湊が一〇年かけて異国の地で築いたすべてが、もろくも崩れ去っていったのだ。

「なあ海老原。ぼくは裸の王様だったんだよ。懸命に働き努力を重ね、腕を磨いて築き上げてきた地位なんか、何かあれば一夜にしてなくなってしまう程度のものだったんだ——そうと一度、わかってしまうと、もう何もかも虚しくて」

コーティングを済ませたガナッシュを並べる。よかった。市販のクーベルチュールチョコレートを使ったが、品質も出来映えも、まあ悪くはない。今のぼくの精一杯——。

「ごめんな、海老原。今のぼくは、やる気を失ったポンコツショコラティエだ。君がプロデュースを夢見ているような華麗なショコラ界の貴公子は、もう演じられないよ」

「……氷見」

「ごめん」

湊は手を止め、頭を下げる。海老原はまだ何か言いたげに口をぱくぱく開閉させていたが、やがて諦めたようにため息を漏らした。

「ああ、もう……もったいなさすぎるぜ！」

頭を抱える男を、湊は苦笑しつつ見やる。

「俺はな氷見、確かに、お前さんを売り出してひと儲《もう》けしてやろうと企《たくら》んじゃいたが、それだけじゃない。ちゃんとお前さんの『腕』にも、その……惚《ほ》れてたんだぜ」

嘘じゃない、と告げる海老原の言葉に、湊は「うん」とうなずく。この学生時代からの知り合いは、なりは少々うさんくさいが、基本的には人のいい、情に篤《あつ》い男だ。

「なあ、でもよ、氷見」

海老原の指が、ちょんちょん、と湊の手元をさし示す。湊の手は、まったく何の淀《よど》みもなく、輝くようなボンボンショコラの粒を産みだし続けている。

「そうは言ってもよ、しっかり腕は磨いてんじゃねぇか？　だったら――」

「ああ、これは違うよ」

湊は肩を竦める。

「近隣の教会で、寄付集めのバザーがあるらしくて――そこのシスターから、協力を頼まれてね」

「バ、バザー？　で、それを売るのか？」

「うん」

「サロン・ド・ショコラ常連のお前さんの菓子を？　バザーで？　チャリティーで？　値打ちもわからねぇそこらへんのオッサンやオバサンやガキんちょに売るのか？」

海老原の呆れたような口調に、湊は苦笑して肩を竦める。

「シスターたちはぼくのことなんか何も知らないからね」

「ええ～」

海老原は驚きの声をあげた。

「お前さんが、世界に知られたショコラティエだとも知らずに頼んできたってわけか？」

無知って怖《こえ》ぇ……と絶句する海老原を横目に、湊はてきぱきとラッピングの準備だ。

「……いいさ、今のぼくには、これくらいがちょうどいい」

小学生の女の子が喜ぶようなチープな赤いリボンを、ちょんとつつく。

「ここでずっと暮らすのなら、この街に溶け込む努力も必要だろう？」

「ここで、なぁ」

海老原はため息をつきながら、厨房《ちゅうぼう》を見回した。ここはビルの一階部分。比較的最近まで営業していた飲食店の設備があり、ガスと電気を通せばすぐに使えるようになっている。ああもったいねぇ、と、また友人はグチをこぼす。

「ここなら、そんなに大規模な改装を入れなくても、すぐにいい感じの店舗にできるのによ。ビルの表面をちょっとこぎれいにして、二階を喫茶スペースにして、あの蛇腹ドアのエレベーターも活用すりゃ、レトロな雰囲気の、いかにも女性客が好みそうな店の出来上がりだ」

「……」

「なあ、ホントに未練ねぇのか氷見？　俺も、ちっとはこの世界で顔が利くようになってきたんだ。必要なら、最高級の少量生産カカオ豆も、南洋でしか手に入らないバニラビーンズも手に入れてやる。お前さん、外見は優男だが、中身は生粋の職人気質《かたぎ》だ。ショコラティエ以外の生き方なんて、見つけられねぇだろうに」

――ショコラティエ以外の、生き方。

湊は内心で震えた。

そんなもの、見つけられるわけがない。自分が一番よくわかっている。氷見湊という人間に、ショコラティエ以外の生き方など、できるわけがない——。

けれど、今の自分が、ショコラという恐るべき力を持つ魔物と対峙《たいじ》する気力など、取り戻せるだろうか？　いつかは、挑戦心にあふれていた頃の自分に、戻れるのだろうか——？

——にゃあああぁぁぁあああん……。

耳の奥によみがえる鳴き声に、湊は首を振った。戻れるものなら、いっそあの頃に戻れたらいいのに。そうして、あの夏をもう一度やり直して、今度こそ「彼」に、笑ってさようならを告げられたらいいのに——。

＊　＊

「シロ、ごはんだよ。ほら、お座り」

「みゃっ」

「こら、お座りだったら。お・す・わ・り！」

「んみゃーっ」

幼獣はごはん皿には目もくれず、両前脚を上げて飛びついてくる。湊はその全体重を受け止め、おっとっと、とよろめきながら、「もう！」と叱った。ダメだ、今日もしつけ失敗。

窓の外は、古都特有の炙《あぶ》られるような暑さ。特に深く考えもせず、安直にシロ、と呼ぶようになった幼獣は、とにかく湊が構ってくれることが嬉《うれ》しくてたまらないらしい。湊がしゃがんで「お手」と言えば飛びかかり、エサを与えようとすれば、エサではなく湊に齧りついて、気が済むまで顔を舐め回す、といった調子だ。

しまいにはトイレにまでついてきて、ドアで湊との間が遮られれば、まるで二度と会えない別れを告げられたかのように、「きゅうきゅう」と鳴きだしてしまう。もちろん、夜寝るときもベッドに上げてもらえなければ承知しない。それも、この暑いのに、タオルケットの上ではなく中に入りたがり、あまつさえ湊の腕枕を要求して、その真っ白いもちもちの体をぴったりとくっつけて眠りたがる。

幼獣はくうくうぷすりとご機嫌で眠るが、おかげで湊は、吹き出る寝汗と動物の毛のせいで、毎朝起きるなりパジャマを洗濯かごに直行させている。祖父はだが、意外にも、毎日毎日出される孫の洗濯物を、「まあ、仕方がない」と言いながらこまめに片づけ、数枚の洗い替えもすぐに買ってくれた。まるで、そういうものだ、と割り切っているかのようだ——もしかして、動物と暮らした経験があるのだろうか？　犬猫を愛玩するような人には見えないのだけれど。

「わかったわかった、ほら、食べ終わったら遊んであげるから」

「んみぃ！」

「こら、遊ぶのはごはんのあと！　しっかり食べないと大きくなれないよ！」

叱りつけてから、ふと、こいつがこれ以上でっかくなったら、さすがにこのボロビルでは飼えないのではないだろうか、と疑問がよぎる。そもそも、ぼくがお母さんに引き取られることになったら、この子はどうなるんだろうか。

「まさか、『ライオンの子どもも一緒に行っていい？』なんて、言えるわけないよな――」

不安と困惑で、思わずため息が出る。

「……きみが本当に猫だったら、まだ、なんとかなるかもしれないけどなぁ」

「みやっ！　みやっ！　み、みやぁぁぁあん！」

そんなぁ！　そんなのやだよ！　とばかり、白い幼獣は鉤爪《かぎづめ》で湊の衣服をばりばりと引っかいては悲しげに鳴く。

「もう、甘えん坊だなぁきみは！」

「みうみう」

「かわいい声出してもダメ。いいかげん、ごはんくらい自分で食べなよ、な？」

「みゃっ、みゃっ！」

イヤ、イヤ、という気持ちが、仕草や鳴き声から伝わってくる。本当はもう、自力で何でも食べられるくせに、できないフリをして、湊の手で食べさせてもらいたがるのだ。くぅ～とかわいくおなかが鳴り、涎《よだれ》まで垂らしているのに。

「しょーがないなぁ、もう……」

幼いそぶりをしているが、この子は絶対にもう赤ちゃんじゃない。一人前に牙《きば》だって生えてきているし、その気になれば、骨つき肉だってバリバリ食べられるはずだ。それなのに何で、こうもべたべた甘えてくるんだか。

「ほら、こうして欲しいんだろ?」

湊がだっこをした姿勢のまま、粉ミルクを混ぜた挽《ひ》き肉を指に絡めて差し出すと、幼獣は「みゃん」と喜びの声をあげ、ぱくん、と湊の指を咥《くわ》え、ざらざらした舌を巻き付かせてきた。

「くふっ」

ざらりざらりと指を舐められる感触に、湊は、思わずきゅっと身を縮めてしまう。何だろう、これ。くすぐったいを通り越して痛い。でもきもちいい……。

「こら、そんなに吸うなってば。お母さんのおっぱいじゃないんだから、吸ったって何も出ないぞ」

「んみゃ、んみゃ」

「んみゃんみゃじゃないって、もう……」

ちゅっ、ちゅっ、ちゅっ、ちゅ……とかわいらしい音を立てる口元や、嬉しそうに目を細めている顔を、じっと眺める。「かわいいな……」という言葉が、自然に漏れた。

「ほら、たくさんお食べ」

「んみゃ」

たっぷり指を吸わせてもらったことで落ち着いたのか、幼獣は湊の膝の上にどすんと尻を置いて、大人しく湊の手からエサを食べ始めた。それでも時折、湊の視線が自分から離れると、こら、こっち見て、とばかり、肉球の張り手がぽんと口元に飛んでくる。

「いてて、こら、きみはもう、ほんとに……」

そんなにぼくが好き？

冗談半分に尋ねると、「みゃー！」と、お元気かつ明快な返事がある。

「変な子だなぁ」

笑いながら、湊は幼獣の白い体を撫《な》で回した。もちもちした、温かい手触り。

「ぼくなんか、きみとはたまたまあの夜出会っただけじゃないか。そんな相手になんでこんなに懐くんだい？　ん？」

「みゃう？」

かわいらしく、小首を傾《かし》げる。その仕草と表情から気持ちを想像するに、「好きになるのに、時間や理由がいるの？」というところだろうか。

「変なの！　そういうのは『ひと目惚れ』って言うんだよ！」

「んみゃ」

「ははは、チビ助のくせに！　きみには一〇年早いよ！」

「二〇年だ」

いきなり部屋に入ってきた祖父が、むすっとした表情で告げた。湊はびくん、と黙り込み、その動揺は腕の中の幼獣にも伝染したようで、短い「にゃっ」という声が漏れる。

「チビ助はお互い様のくせに、何知った風な口きいとる。ほれ、今日のおやつだ。『ドルチェヴィータ』の新作だぞ」

そう言って、祖父が差し出してきた箱には、いつもの美しいクラフトショコラが鎮座している。湊が、今日のはどんな味かな、と指を伸ばした瞬間、祖父は「おっと、そうだ」と口走り、その箱をひょいっと高く上げた。

「言うておかねばならんことがあった。その白いのには、ショコラは絶対に食わせるんじゃないぞ」

祖父はシロのほうを顎《あご》で示しながら告げる。

「ショコラってのは人間にとっては魅惑のスィーツでも、動物にとっちゃ結構な毒だ。犬猫が誤って口にして死ぬこともある」

「そ、そうなの？」

「気をつけてやりなさい」

そう注意を与え終えると、祖父は例の調子でくるりと背を向け、さっさと姿を消した。いつもながらまぁ、そっけない人だ。

「まあ、いいや。シロ、ちょっと待ってね。一個だけ……」

かまって。早くかまって。幼獣は、空色の瞳の奥をあふれるほどの想いでいっぱいに満たして、湊の手を待ちこがれている。湊は慌ててショコラを一粒口に放り込み——あまりの美味《うま》さに、思わず背筋が伸びた。

（えっ、何だこれ……すっごくおいしい……！）

ショコラは嗜好《しこう》品だ。タバコや酒の銘柄と同じく、各人に偏った好みがある。この日、祖父が買ってきたブランドは、キャラメリゼしたナッツをショコラの衣に封じ込めた商品がウリで、それは湊の味覚にクリティカルヒットしたのだった。

（うっ、わ。じいちゃん『ドルチェヴィータ』って店のだって言ってたな。この街から離れても買えるかな。どこの国の店だろ。わー、英語だ読めない！）

夢中で、二粒目を口にする。さっきのものとは味が違う。今度のは少し酸っぱい果実の砂糖漬けが練り込まれている。これもおいしい。今まで食べさせてもらえたものも高級感があり、それなりにおいしかったが、あまりにも「大人の味」すぎた。ショコラを肴《さかな》にウイスキーをたしなむ人もいるそうだから（と、祖父から聞いた）、最初から子どもの舌は相手にしていない商品だったのかもしれない。

だが、これは――。

「みゃー！」

抗議するような、甲高い鳴き声があがった。みゃー、みゃー、と途切れずに続く、切ない声だ。湊の意識が自分以外のものに向いていることを察知して、イヤだ、気に入らない、と騒ぎ出したようだ。

「ごめんって。そんな声出さないで。すぐ食べ終わるからさ。……あと、もう一個な」

三粒目を口に放り込んだ、そのときだった。

「みぎゃーっ！」

ついにこらえきれなくなった甘えん坊が、湊の顔面めがけて突撃してきたのだ。鼻面を真下からぶつけられて、「ぐっ」とうめいてのけぞった湊は、尻もちをつく形で後ろに倒れた。

「ちょ、シロきみ……ぶほっ！」

もふもふしたものが、のどの上に乗っかってきて、息が詰まる。頬をぐにっと押さえたのは、前脚の肉球だ。ふんふん、と熱い鼻息が唇にかかったと思った瞬間、その感触がざらりと熱く濡れたものに変わった。

「え、おい、ちょ……うっぷ！　て、こら、ってば……っ」

容赦なく、口の周りを舐め回される。ざりざり、と紙やすりで撫でられるようなそれは、いつもの甘えではなく、怒りや抗議の気持ちを伝えてくる。

もう、もう！　おれを放っておくなんて！　おれよりこんなものがいいのっ？　こんな、もの、が……！

「うぶっ」

ざらっ、とした獣の舌先が、湊の前歯のエナメルを舐める。その傍若無人さに、歯医者で口の中をいじり回されたときのことを、つい連想してしまう。キス、という単語は、最後まで頭の中に浮かばなかった。「こらあ、やめろ！」と怒鳴ったときには、もう幼獣のピンク色の口先が、チョコレート色に汚れていた。

どうだ、まいったか。

そんなことを言いそうな表情で、シロが四肢を踏ん張っている。ふんっ、とその鼻先が鳴った、次の瞬間だった。

「が」

「……シロ？」

「がう、がう、が……」

急に幼獣が、のどの奥に絡むような音を立て、ひくつき始めた。「えっ、吐くのっ？」と慌てた湊の体の上から、白いボディがころんと転げ落ちる。

「が、がう、が、がう」

四本の脚が空を掻《か》いている。

「シ、シロきみ――」

ショコラを舐めてしまった？　湊は蒼白《そうはく》になった。迂闊《うかつ》だった。ついさっき、祖父に注意されたばかりだというのに――……！

「じいちゃん！　じいちゃん！」

湊は部屋を飛び出した。そして普段は立ち入りを遠慮している祖父の部屋に飛び込み、何事かと面食らう祖父の腕を掴んで、無理に引っ張り出す。

「おい湊、何事だこれは……ん？　まさかこいつ」

「ごめんじいちゃん、シロが、ぼくの口元を舐めちゃって――！」

「ああ、そういうことか」

やれやれ、とため息をつきながら、祖父はもがいて苦しむシロの上に屈《かが》み込んだ。シロが苦しんでいるのに、何でそんなのんきに、と湊は腹立たしかった。早く、早く、どうにかしてあげて――……！

「大丈夫だ、湊。こいつは死なんよ」

妙に自信にあふれた口調で、祖父は言った。そして少し低めた声で続けた。

「死なんが……お前、これから何を見ても、あまり驚くなよ」

え、どういう意味？

そう問い返そうとしたとき、異変は起こった。横たわったシロの体が急にむくむくと大きくなり、その形が、ぐにょん、とよじれ、変わり始めたのだ。

「は……え、ええええ？」

驚くな、なんて無理な注文だ。映画かテレビのスクリーン越しにしか見たことのないなめらかなCGを生で見て、平静でいられるわけがない。だが目の前で起こっていることは、紛れもない現実だった。そして祖父は、それを当然起こり得ることが起こった、とでもいうような落ち着いた態度で見守っている。

「くぅ……」

やがて、人間の形になった手と足を使い、なめらかで毛のない背中が、むくりと起き上がった。色白の肌、空色の目、銀色の髪――背丈や年齢は湊と同じくらいだろうか。人種は違うが、間違いなく人間の男の子だ。大人しそうな顔立ちで、ぱちぱちとまばたきしながら、湊を見つめている。

「シ、シロ……？」

茫然《ぼうぜん》と問う湊に、男の子がおそるおそるという調子で、口を開いた。

「み、み、みぁ……ミナト？」

「まったく」

祖父がため息をつく。

「こちらの世界では変化《へんげ》させないつもりだったのに……」

ショコラを口にしてしまうなんて、不測の事態だ。

そうつぶやいた祖父の横顔には、口元にちょっぴり覗いた犬歯の先が、白くきらりと光っていた。


「おれの名はアルトリート。リートと呼んでくれよな」

シロは、シロではなかった。大変に立派な本名があり、さらには愛称もあるらしい。そのくせ、声は鈴を振ったようにかわいくて、元の「シロ」のままだ。あの「みゃー」と可憐《かれん》に鳴く声が、人間の言葉をしゃべるとこうなるのか、と湊は感心しつつ聞き惚れた。

「……人間になれるなら最初から人間になっててくれればいいのに」

思わず、大人のようなグチが漏れる。

――びっくりした。本当にびっくりした。あまりにびっくりしすぎて、今の今まで声が出なかった。

くだんのリートは、「ごめんごめん」と笑ってはしゃぎ、ベッドに腰かけた姿勢で両足をバタつかせた。「こら」とそのつま先を押さえつけたのは、最後の仕上げに靴下を履かせるためだ。

「驚かせちゃったね。でも、こちらの世界では、人間の姿になっちゃいけないって言われてたんだ」

「こちらの、世界？」

「うん。君のおじいさんがね」

頃合いをはかったように、祖父ががちゃりとドアを開いて入ってくる。そして「お、着られたか」とつぶやき、湊の子供服を着せられたリートを、上から下までじろりと見回した。

「ふん、とてもこのあたりの子には見えんが、まあ仕方あるまい」

確かに、銀色の髪に空色の瞳のリートは、斜めにしても横にしても日本人には見えない。逆に言えば「外国から来た子ども」としてなら、まあまあふつうだ。

――それなのにどうして、じいちゃんは「人間の姿になっちゃいけない」なんて言いつけておいたんだろう？　外国人の子どもを預かってるってことにしておいたほうが、ずっと都合がよかっただろうに……。

「本当にいいのか、ライオン小僧」

祖父がリートに問いかける。リートは「うん」とうなずく。きっぱりとした仕草だ。

「もう、ミナトに隠し事はしたくないんだ」

それを聞いた祖父は、急に湊のほうをまじまじと見て、「ずいぶんとまあ、気に入られたものだ」とつぶやいた。

「では、行こうか」

「うん」

ぽん、とベッドから飛び上がるように立ち上がったのは、リートだ。湊が成り行きについてゆけず、えっ、えっ、と驚くうちに、リートはまるで自分こそが祖父の身内であるかのように横に並び、すっと湊に対して手を差し伸べた。

「行こう、ミナト」

白い歯を見せて、にっこり笑う。唇の端から、少し覗く犬歯の先。

「おれたちの世界を案内してやるよ」

ホラ早く——と、腕を引かれる。

おろおろしつつ立ち上がり、引いていかれたのは例の、古めかしい蛇腹扉の前だ。最初に白いライオンの子に出会った、あの場所。

祖父はその扉を、躊躇もせずにガチャガチャ音を立てて引き開けた。そして中のカゴにふたりの子どもが乗り込むのを確認して、閉じる。

「エレベーターなんかで、どこへ行くの？」

「大丈夫さ、ミナト」

後ろからぴったりとくっつき、湊の片腕を絡め取るような格好のリートが言う。おれを信じて、と囁《ささや》かれながら手のひらを合わせる形で指を絡められて、湊はどきりとする。

人間になっても、彼の懐っこさはまったく変わらない。今にも横から顔をぺろりと舐められそうだ――。

金属の錆びたような臭いが漂う、独特のひんやりとした空気に包まれて、湊はふわりと上昇する感覚に包まれた。エレベーターが上にあがっている。あれ、でも、そもそもぼくたちがいたのは最上階の三階じゃなかった……？　不審を感じた瞬間、カゴがぴたりと停止した。

がしゃり、と蛇腹のドアが祖父の手で開かれる。

そこに現れた光景に、えっ、と湊は息を呑んだ。目の前には、暗い洞窟が延々と続いていたのだ。

（ど、どういうこと？）

湊は混乱し、ふらついた。ビルの中をエレベーターで上昇して、着いた場所が地底？　感覚がついてゆけず倒れそうになるその体を、とっさに脇から支えた手があった。リートだ。

「足もとに気をつけなさい」

祖父が言い、リートは湊の腕を力強く引きながら、再度「大丈夫さ」と応える。

「ミナトは、おれが守るから」

笑顔の励ましが、心に沁み入ってくる。湊は震える足を励まし、一歩、また一歩と、洞窟の中の暗い通路を進んだ。

ほどもなく前方に、外光が差し込んでくる。

そして大岩の角を曲がって、目の前に開けたのは。

むせかえるような、一面の——。

「も、森……？」

洞窟から抜け出て、真っ先に視界いっぱいを埋め尽くしたのは、地面すれすれから見上げる空まで茂りに茂った木々の緑色だった。次に、さわやかな植物の香りを乗せた風が頬を撫で、そして最後に感じたのは、鳴き交わす鳥たちの声だ。

「ようこそ、エーアトベーレン王国へ」

にやりと笑ったリートが、湊の手を引き寄せ、その甲に、ちゅ、とキスをする。

戯れるふたりの子どもを見やる祖父の、白い目がひどく痛かった——。


こぽこぽ……と音を立てて、清い水が湧《わ》いている。

それが森の一角に溜《た》まり、教室の広さほどの泉になっている。

頭上からは木漏れ日。そして、鳥の声——。

「ここはな」

泉のほとり、倒木に腰かけて、祖父は語った。

「わしや、このリートのような『獣人』にとっては、故郷みたいなものだ」

「じゅう、じん……？」

「そうさ」

ぶっきらぼうにつぶやいた祖父の姿が、いきなり縮んだ。湊が「うわっ」と一歩退くと、地面にべしゃりと広がった祖父の衣服の下から、不意にオレンジ色のふさふさした尻尾が現れる。リートのそれより、だいぶ太くてもふもふだ。

「………きつね？」

あてずっぽうに湊がつぶやくと、先端が白い尻尾が、「正解」とでも言うように、ふりふり、と二、三度左右に振れた。そしてそれがしゅるん、と引っ込むと同時に衣服が人の形に膨れ、首なし人形のような姿でむくっと起き上がる。

湊がなかなかにホラーな眺めに縮みあがったのも一瞬、衣服から祖父の手足と首が生えてくる。

「いや、数十年ぶりに披露するにしてはうまくいった」

人間の姿に戻った祖父が、襟元を直しながら自画自賛する。

「死んだ女房に初めて見せた時はひどかった。手足を逆に出してしまうわ、股の部分から頭が出るわ……」

などとこぼした内容からすると、この祖父のつれあいで、湊の祖母にあたる人は、夫の正体を知らされていたらしい。

「見たとおりだ、湊。わしは元々、こちらの世界の人間だ。そこにいるライオン小僧と同じように」

「……じゃあ、ぼくも？」

いずれ祖父のようなオレンジ色の尻尾が生えて、それを振り振り歩くことになるのだろうか。思わず尾てい骨を押さえた湊を見て、リートがきゃらきゃらと笑った。

「大丈夫ミナト。獣人の能力は子孫には伝わらない。君はふつうの人間だし、第一、こちらの世界の人間だって、全員が獣人ってわけじゃない」

「そ、そうなの？」

「そうだな、むしろ珍しい存在だ。万……とは言わんが、千人にひとりくらいか」

「今はもっと少ないと思うよ」

ふっ、と顔を曇らせて、リートが言う。

「昔あった戦争のどさくさで、ずいぶん――」

「獣人とはな」

リートがしゃべりかけた言葉を遮るように、祖父が語り出す。

「この世界の、この森に住まうモノの祝福を受けた存在だ。まあ、わしに言わせれば迷惑な祝福もあったものだと思うが」

祖父の説明によると――。

こちらの世界では、赤ん坊が生まれたとき、まれに――本当にまれに、「森の精霊」の訪れがあるという。そしてその精霊が、赤ん坊に乳を含ませると、その子は祖父やリートのように、人間から獣へ、そしてまた人間へと、自在に姿を変えられるようになるのだそうだ。そうやって精霊の力を得ることを、「祝福を受ける」と人々は言い習わしてきた。太古の昔からだ。

「精霊とやらが、何のためにそんなことをするのかはわからん。祝福を与えられる子どもは、性別も身分も国籍居住地も関係なく、完全に精霊の気まぐれで決められて、人間側の都合などおかまいなしだからな。人間への恵みだと言う者もおるが、まあ、おそらくはいたずらのたぐいなのだろうよ」

望んだわけでもない異能の力を、有無を言わせず授けられる。それは必ずしもその子や親の人生を幸福にするとは限らない。片田舎《かたいなか》で一介の農夫として平穏に暮らせたはずの子どもが、一躍、戦乱の時代の梟雄《きょうゆう》として、一族郎党共々波乱万丈の人生を送り、血潮の中で人生を終えることもある。精霊は、そうして人の一生が左右され、狂わされ、人々が狂喜乱舞し右往左往するさまを眺めて楽しんでいるのではないか、と祖父は言う。

「昔は、それでも、並外れた身体能力や、高い知能に恵まれた獣人は、社会の指導者として尊重されておった。王になった者も、優れた将軍として活躍した者も、医師や技術者として世のため人のために尽くした者もおる」

だが、時代は変わった。「わしが見たところ、こちらの世界はわしらの暮らす世界より、二、三百年ばかり遅れておるが」と祖父は言う。それでも、社会はそれなりに進歩し、世の中のありとあらゆる制度や技術が、獣人の特別な能力がなくとも、問題なく運営できるように整えられてきたのだと。

「つまりだな、精霊の祝福を受けて獣人となり、特別な能力を得た者が、当然の権利として指導者の地位にのぼる——という原始的な社会では、もうなくなったということだ。大多数の、ごくふつうの人間が、ふつうの人間なりの能力や知恵で国や社会を動かしていけるようになれば、むしろ異能の力を持つ獣人などは、気味悪がられ、異端として排斥される存在になる……わかるか？」

「んー……」

「まあ、簡単に言えば、幸運にも獣人として選ばれた者だけが、いい思いをできる世の中ではなくなったということだ」

なるほどそれなら、まだ子どもの湊にもわからなくはない。ごくひと握りの、たまたま精霊の祝福に与《あずか》れた者だけが出世し、高い地位や富を独占できる。それ以外のふつうの人間はどれほど努力しようが無駄、という理不尽さに疑問を持つ者が増え、昔に比べれば、獣人たちの肩身が狭くなってきた、ということだろう。

「そして、わしが子どもの時分にな、大きな戦乱があった。とある将軍が、玉座を狙って王に反逆したのだ。それはある程度成功し、反逆者は広大な地域を支配下に収めた。そして彼は考えたのだ。

『もしも支配地域にいる獣人がひとりでも裏切って王の側に付けば、強大な敵になってしまう。そうなる前に、ここの獣人どもを狩り尽くしてしまおう——』」

ひとりの野心家のつまらない猜疑心《さいぎしん》が、悲劇の引き金を引いた。長引く戦乱で社会が荒廃していたことも災いした。それまで特権を享受してきた獣人たちは、次々に「敵」と見なされ、殺された。とある小さな荘園を所有する、ささやかな領主の家の息子だった幼い祖父もまた、その標的にされ、乳母につれられて必死に逃げた。馬車を駆り、逃げ延びた先は精霊の森だ。

「乳母は聡《さと》い人でな。獣人はいわば精霊の愛《いと》し子。彼らの住まう場所にたどり着ければ、その加護を得られるに違いない、と考えたらしい」

乳母の考えは的中した――半分だけは。わがままで気まぐれな精霊の加護を得られたのは、祖父だけだったからだ。

「馬車に追いすがってきた虐殺者どもは、森にたどり着く寸前で乳母を殺した。だがわしは、奇跡的に森に駆け込むことができ、精霊の加護が……あったのかどうかわからんが、とにかくまあ、生き延びた。さっき通ってきた洞窟をたどって、あのビルのエレベーターにたどり着いてな」

精霊は精霊なりに、自分が命を授けた愛し子に、そうして安住の地を与えたのだろうか。祖父は生まれ育った世界とは別の世界にまろび入り、その世界で、身元不明の遺棄児童として、ビルの持ち主である夫婦に保護された。そして、獣人の子はそのまま成長し、大人になり、妻を娶《めと》り、子を儲けて、年老いた。特異な生い立ちを、妻となった人以外の誰にも話さないままに。

「こちらの世界とあちらの世界が、なぜ繫《つな》がっているのかはわからん。あのビルの建っている場所は、昔、お稲荷《いなり》さんか何かの祠《ほこら》があったそうだから、きつねの獣人であるわしとは、何やら縁があったのかもしれん」

「……」

きつね繋がり？　そんなものかなぁ、と湊は思い、首を傾げる。孫のそんな疑問符を浮かべた顔など、祖父はきれいさっぱり無視して、話を続ける。

「まあ、すべては推測だ。わしが長年かけて調べたところでは、世界中どこの国でも、古代に建設された都は、その土地ごとの魔術理論に基づいて設計されておることが多い。この街しかり、バビロンしかり、な。異世界への出入り口のひとつやふたつあっても、ことさら不思議ではなかろうよ」

そして、祖父の命を救ったその通路は、たった今、湊たちが通ってきたように、今も現役で存在しており、祖父はこれまで何度か、戦乱や権力争いなど、様々な事情で居場所を失った者たちを迎え入れ、あるときはほとぼりがさめる頃合いを見計らって元の世界に返し、あるときはそのままこちらの世界で生きていけるよう取りはからってきたのだという。かつての自分の境遇を考えると、彼等《かれら》を無下にはできなかったのだと。

「それでもまあ、反乱事件も決着し、こちらの世界もだんだんと落ち着いてきて、ここ数十年は平和な時代が続いていた。アルトリートは久々のお客さんで、それだけでも驚いたものだが……困ったことに、ほとんど同時に、湊、お前さんを預かることになってしまってなぁ」

さすがに、人間の子どもと獣人の子どもを同時には預かれん、と祖父は考えたのだそうだ。そこで、あのビルで湊が暮らしている間は、リートは一旦異世界に戻り、この森に隠れ住むことにしたのだという。

「それをこの小僧は、ちょろっとあちらに来てしまいおって」

祖父の小言に、ぺろっ、とリートが舌を見せる。

「だって寂しくてさ……。真夜中だし、誰にも見つからないだろうと思って。人間の姿だと衣服がないから、獣の姿で」

みゃあみゃあ鳴いていたのは、何やらいい匂いが漂ってきて、たまらない気持ちになったからだとリートは言う。それは同い年ぐらいの子どもの匂いで、思わず歓喜の雄叫《おたけ》びを上げずにいられなかったのだと。

「そしたらぼくと鉢合わせしちゃったわけか……」

湊はあの夜、「猫だ」と強引に決めつけた祖父の姿を思い出した。そりゃあまさか、「迷いライオンだ」と言うわけにもいかなかっただろうが。

「いくらなんでも、苦しい誤魔化《ごまか》しだよじいちゃん……」

湊は呆れてため息をつく。真夜中に外国人の子どもが素っ裸で徘徊《はいかい》していました、というほうが、街中に野良ライオンがいました、よりは、設定上、なんぼかマシだったのではないだろうか。ご近所の目だって、そちらのほうが誤魔化しやすかっただろうに。

「何でそんな無茶をする前に、最初から人間の姿でリートを預からなかったの？」

湊が白い目で祖父を見る。そのときだった。

――……に……げ……。

何か声が聞こえた。湊は何が何だかわからず、「えっ、何？」とのんきに周囲を見回したが、祖父とリートは瞬時に機敏な反応を示した。

——逃げなさい。

次の声は、湊にも明らかに聞こえた。逃げろ？ 逃げろって何から？ まだきょろきょろしている湊を引きずり上げるようにして立たせたのは、それほど背丈の違わないリートだ。

「戻ろう、ミナト」

息せききるように、リートが囁く。

「精霊の警告だ。この森に踏み入った者がいる。たぶん、おれを探している奴らだ」

「え、あ、うん」

「湊を連れていけ、ライオン小僧」

祖父が手を広げて促す。

「あの通路は、獣人ではない湊には開けられん。お前が先導するんだ」

「うん！」

ぐい、と湊の腕が引かれる。すごい力だった。なるほどこれが獣人の能力か。世の中がまだ原始的だった時代なら、確かにこれだけでも王や将軍になれただろう。そんなことを思いつつ走り始めた湊の背に、「いたぞ！」という殺気立った叫びが投げつけられる。

「アルトリート王子だ！」

——えっ。

その言葉の意味するところに驚いた瞬間、湊は木の根につまずいてしまった。体が空《くう》を泳ぎ、どたん、と枯れ葉だまりに倒れ込む。「ミナト！」と叫ぶ幼い声。引き起こされると同時にぎゅっと抱きしめてきた腕は、無論祖父のものではない。

幼くて、まだ細い腕と薄い胸。けれどこれほど力強く抱きしめてくれるぬくもりを、湊は亡き父以外に知らなかった。守りたい、という想いを、何よりも強く伝えてくる腕……。

「追え！　王子をお連れ戻しするのだ！　王の勅命であるぞ！」

バラバラと追いすがってくる足音。「何をしとるんだ」と呆れ半分に割って入った声は、祖父のものだ。

「しょうがない小僧どもだ。先が思いやられる」

やれやれとばかり男児ふたりを庇って立ちふさがると、祖父はしゅるん、と衣服の中に姿を消した。

ケーン……！　と、きつねの遠吠《とおぼ》えの声。

「ぶはっ！」

悲鳴をあげてのけぞったのは、簡易な鎧《よろい》を身につけた兵士の一団の先頭だ。その頭部に、鮮やかなオレンジ色のきつねが抱きついている。もふもふの腹毛の中に、兵士の顔がぼっふりと埋まっていた。

「ふん」

兵士の頭部をぽんとひと蹴り、ボールが弾むように衣服の中に戻ってきた祖父が、ひょっと人の姿に戻りながらうそぶく。

「もふ毛アタックの威力を思い知ったか」

「……っ」

湊は凍りついた表情のまま立ち上がり、笑いもせずに走った。それどころではない。それどころではないんだ。奴らの目的はどうやらリートだ。リートが狙われているときに、笑う気になんかなれるもんか！

「走るんだミナト！」

リートの銀色の髪が、目の前でふわふわしている。それだけをひたすらに見つめながら、湊は走った。肘も膝もすりむいていたが、気にする暇もなかった。ようやくの思いでエレベーターのカゴの中に転げ込み、祖父ががしゃりと蛇腹のドアを閉じる。追っ手の兵士たちは、その蛇腹に顔をぶつけて止まった。どうやらそこが結界になっているようで、兵士たちはドアを開くことができない。

金属の軋る音。すぅっ……と下降する感覚。

「ふうっ」

リートが、へたん、と座り込む。エレベーターはゆっくりと時空を移動し、無事にあのレトロなビルに到着した。

「やれやれ」

祖父が、腰を伸ばしながら嘆息する。

「精霊め、逃げろなどと簡単に言いおって。わしのような年寄りがそう俊敏に動けるわけがなかろうに——」

そんな祖父の姿に、湊は一度呑み込んだ問いを、発せずにいられなかった。

「じいちゃん、何でリートをずっとライオン姿でいさせたのさ」

最初から人間の子の姿のほうが、ずっと便利だっただろう?

そう問うと、

「何でって、そりゃ、お前——」

祖父はすました顔で答えた。

「人間の子どもがもうひとりいたら、洗濯物が増えてたまらんじゃないか」

猫ならずっと裸でいさせられるからな、とつぶやく祖父を、湊は絶句したまま見上げた。人間であろうが獣人であろうが、やっぱりこの祖父は、どうにもよくわからない人だった——。


——父の夢を見たのは、異世界から戻ったその夜だった。

夢の中の父は、経営していた小さなパティスリーの厨房で、小ぶりなホールケーキを作っていた。土台の上にクリームを塗りつけ、色鮮やかなフルーツを飾り、チョコレートのプレートにチョコペンで文字を書き……湊のほうを見て、言った。

——さあ完成だ。湊、誕生日おめでとう……。

「お父さん……」

だがそれは幸せな夢で終わってしまった。湊がその年の誕生日を迎える前に、父がいなくなってしまったからだ。雨の夜に徒歩で帰途についているところを車に轢《ひ》かれて――ほとんど即死だったと聞く。

「お父、さん……」

ひゅん、とのどが鳴り、湊は目を覚ました。そして、そうだった、父はもういないのだった――と改めて思う。全身が熱くて、関節が腫れたように重くて痛い。ああ、熱を出して寝ていたのか――と思った瞬間、銀色の髪の少年が、目の前にひょっこりと顔を出した。

「ミナト、ミナト……泣かないで」

目元をぺろんと舐められる。ざらりとした舌。

「ごめんな、ミナト。怖かったんだろ？　あんな奴らに追いかけ回されてさ。こんなことなら、あちらの世界へなんか君を連れていくんじゃなかった」

ごめんな、と繰り返すリートの銀色の頭髪を、湊は手を伸ばして撫でた。

「大丈夫だって、リート」

湊は熱でぼうっとしながら、告げた。

「確かにあれは怖かったけど、それで泣いてたわけじゃないんだ。ただちょっと、死んだ父さんの夢を見ちゃって」

するとリートが、ぴたりと身動きを止めた。そして、恐ろしいことを聞いたかのように、そろり……と顔を上げる。

「ミナトのお父さん……死んじゃったの？」

「あれ、言ってなかったっけ」

そう、死んだんだ。突然の事故で――。ぼうっとしつつ、湊は話した。離婚で息子を母親のいない子にしてしまったことを気に病みつつ、男手ひとつで湊を育ててくれていた、やさしい父だったのに――。

「……って、リート、なんできみが泣くの？」

「だ、だって」

ひー、と銀色の髪の少年は、のどを笛のように鳴らしてしゃくりあげ始めた。

「ミナトがかわいそうなんだもの」

「……」

湊は思わず、首をもたげてリートを見た。額に乗せられたタオルが落ちる。

「大好きなお父さんがいなくなって……心細かっただろうな、寂しくて悲しかっただろうな、って思ったら――……！」

ひうぅぅん、と妙な声を立てて泣くリートに、「みゃー！」と鳴いてすがりついてくる子ライオンの姿が重なる。たとえ大きく姿形は違っていても、

――ああ、この銀色の髪の子は、確かにあの子ライオンなんだ。もふもふの、あったかいあの子なんだ……。

改めてそう実感して、ふっ、と湊の胸に温かいものが生まれた。なんてやさしいのだろう、この子は。ぼくの気持ちを思いやって、自分のことのように泣くなんて。この子は、ともだち。ぼくの……。

――ぼくの、大切な、初めてのともだち……。

「ミナト！」

湊の、声にならないつぶやきを聞いて、いきなりリートが、がばっ、と音を立てて首元に飛びついてくる。湊はぐえ、と声をあげたが、リートは力を加減してくれない。ぎゅうぎゅう抱きつかれて、息が詰まる。

「ミナト、大丈夫、大丈夫だからね」

おれがいるから、とリートは半泣きで囁いてきた。

「おれが寂しくて、森からこっちの世界に迷い込んで来たとき、ミナトは正体もわからないおれを受け止めて、いつも一緒にいてくれた。だから今度は、おれがミナトのそばにいる。ミナトが寂しくないように」

「……っ」

「もうミナトに、寂しい思いはさせない」

力強く断言するなり、リートは湊の寝床に潜り込んできた。そして、人間の子どもとしての長い四本の手足すべてを使って、湊の体にぎゅうっとしがみついてくる。

「あの、リート……」

そんなにきつくひっつかれたら、苦しい——。

「大丈夫だから！　安心して！　おれがここにいるから！」

おやすみ、ミナト……とつぶやいて、リートはそのまま、ことんと眠りに落ちてしまう。やさしい
……のは、ありがたいんだけど、とってもありがたいんだけど……。

「う、動けない……」

仕方がなしに、身動きもできないまま、湊はリートの顔を凝視した。閉じた瞼《まぶた》は真っ白で、ほのかに血の色を透かせている。何だか外国の陶器人形を思わせる顔だ。なめらかで、きちんと整って、ふっくらと豊かで傷痕ひとつない。大人になれば、きっと美男子になるだろう。それこそ王子さまみたいに。

(ねぇ)

湊はリートの寝顔をしげしげと眺めながら、思った。

(きみって、王子さまなの……？)

アルトリート王子、と呼んだあの世界の兵士たちの声が、耳によみがえる。

……だが、彼らは明らかにリートを捕まえようとしていた。王子と呼ばれながら、まるで犯罪者のように追いかけ回されるなんて、きっとリートは、何かとてもつらい思いをしてきたのだろう。

それなのに、今リートは、熱を出して夢にうなされた湊を思いやり、自分なりに慰めようとしてくれている。

「きみは本当にやさしいな、リート」

湊がこつん、とリートの額に自分の額をくっつけ、そう囁くと、リートの唇が、むにゃむにゃと動いた。

「ミナト……だいすき」

きゅん。

胸が締め付けられる感じに、湊は苦しくなった。熱は当分、下がりそうになかった。


それから、湊とリートは、輝かしい夏を過ごした。

一緒にプールに行き、リートの容姿に驚く周囲の目を感じつつ、思う存分に泳ぎ（猫科のリートは水が苦手なんじゃないかと思ったが、そんなことはなかった）、体力が尽きると水から上がって売店へ行き、ふたりでかき氷を食べてキーンと痛む頭をガンガン叩《たた》いた。

一緒にお風呂に入るときは、お祭り騒ぎだった。湊はリートの髪を洗ってやるのが好きで、リートは湊の背中をごしごしと痛いほど強くこすってやるのが好きだった。ふたりは互いの体を包んだ泡で長い時間遊び、祖父から「いいかげんにしろ」と注意されるまで浴室から出なかった。

夜は、もちろん同じベッドで眠る。

四肢のすべてを湊に絡みつかせてがっちりホールドするのはリートの癖で、湊は毎晩、ちょっと苦しかった。ミナトが寂しくないように、などとリートは言うが、本当は彼のほうが寂しかったんだろう。

「おやすみ、リート」

額をこつん、とすると、リートは決まってふにゃりと笑い、「またあしたね」と眠そうに口走る。

それだけで、湊の心はいっぱいに温かく満たされた。父の死による痛手が消えることはなかったけれども、リートの存在がずいぶんと救いになったことは事実だ。

少年らしい、屈託のない夏休みだった。リートがそばにいさえすれば、他には何もいらなかった。

ただ、ひとつだけ。

――きみは王子さまなのかい、リート。

湊は何度も、そう尋ねようとしたが、ついに口に出すことはなかった。リートがここにいるのは、おそらく何か悲しい事情があるのだ。彼の口から、つらい話を聞かされたら、と思うと、耐えられる気がしなかった。リートにはずっと、明るくて快活でやさしい子でいて欲しかった。楽しい時間だけを過ごしたかった。――もう、押しつぶされそうな不安や悲しみは、たくさんだ。

「ほら、チビ助ども、今日の分だ」

祖父はリートと湊、双方にショコラをくれるようになった。ショコラの成分は獣の体には毒だから、摂取すれば自然に人間体を維持しようという防衛機能が働くのだそうだ。「だからふだんから食っておけば、うっかりと獣の姿に戻らんで済む」というのが祖父の理屈で、本当かなぁ、実はただ単に好きなだけなんじゃないだろうか、と思いつつも、湊はすっかり好物になったショコラを、リートと分け合って食べた。

「ほら、リート」

最初のひと粒は、きみが好きなのを選んでいいよ。

そう告げながら、祖父から渡された箱を差し出す。

「ありがとう、ミナト」

きみはやさしいね、と告げながら、にっこり笑う空色の目。

リートのことが好きだ、と思うのは、こんな瞬間だった。

このきれいな目がぼくの顔を見て、そこに嬉しそうな光がいっぱいに満ちる瞬間、ぼくは世界一幸せな気分になる。そんな気持ちになれる相手は、今はこの世にリートだけだ……。

「リート」

リート、ぼく……。

湊が、自分でも何を言おうとしているのかわからないままに、口を開いた、そのときだった。

「おい、ライオン小僧」

祖父がぬう、と顔を出す。

「お前さん宛に、あちらからこんなものが来ておるぞ」

祖父が差し出したのは、くるくると巻かれ、リボンを封蠟《ふうろう》で留めた、古風な書類のようなものだ。

リートの顔色がさっと変わる。

その手から、ぽとん、とショコラが落ちるのを、湊は大きな不安の中で、ただ見つめていた。

＊　＊

……それから、リートがいなくなるまでの日々を、湊は詳細には憶えていない。大人になるにつれて、記憶もずいぶんとあやふやになってしまった。

(けれどたぶん、あれは、全部本当にあったことだ——)

二〇代も終わりの年頃の湊は、暗い気持ちで考え込んだ。目の前には、亡き祖父の筆跡で「故障」と書かれた段ボール製の札がかかる、エレベーターの蛇腹扉。

(——リートに、嫌いだ、と言ってしまったんだ。ここで)

白いライオンの子の記憶はおぼろになっても、彼に対して抱いていた気持ちは憶えている。彼の空色の目を見るたび、その目が自分を見ているのを確かめるたび、胸の中が栓を抜いたラムネのようにぶわっと泡立つ、あのキラキラした感じ。

子ライオンの姿のとき、その透き通るような毛並みを撫で、毛皮の下にもちもちした感触の皮膚と、温かく脈打つぽってりとしたボディを感じると、胸の中を内側からくすぐられたような気持ちになった。そういえば、全身白い体の中でぽつんと二点だけ、まん丸い耳の裏が染めたように黒かったっけ……。

「リート……」

——ここから先は、切ない記憶だ。

夏も終わりに近づいた、月の明るい晩だった。

きっかけだけは、はっきりと憶えている。リートが、真夜中に起き出して、隣に寝ていた湊の顔を、じっと覗き込んできたことだ。

「……ん……どうしたの、リート？」

半分寝ぼけながら問うと、無言のまま息づかいが近づいてきて——唇に触れた。

キス、だった。紛れもなくキスだった。今までの、戯れ半分、ほっぺたや額にされたものとは、明らかに意味が異なるキス。

リートの後ろに窓があって、月が暗い夜空に白い光を放っていた。まるでリート自身が後光を背負って輝いているかのように見えた。

ぎょっとしている湊に、リートは囁いた。

「さよなら、ミナト」

——え……？

何？　今何て言った？

湊が絶句している間に、リートはさっと身をひるがえすようにベッドを降りた。そして、子ども部屋のドアを開け、その隙間《すきま》から滑り出るように、廊下に出ていく。

湊は、文字通り夢中で後を追った。寝ぼけていたので、タオルケットに絡まってもがき、ベッドを降りたところで一度、ドアのところで一度つまずき、すぐに追いすがるつもりが、ずいぶんと出遅れてしまった。追いついたのは、リートが例の蛇腹扉を開けようとしているところだった。

「リート！」

パジャマに寝癖頭。寝ぼけ眼《まなこ》の姿で、湊は叫んだ。振り向いたリートは、きちんと普段着に着替えた姿だ。

「リート……ど、どこ行くの？」

何をどう問いつめていいかわからず、湊は上目遣いにそろりと尋ねた。どこに行くも何も、このエレベーターの行く先はひとつしかない。

「――元の世界に戻るんだ」

リートの空色の瞳が、鈍く光った。彼らしからぬ、大人びた寂しげな顔だ。

湊は困惑しつつ、慌てて問いつめた。

「も、戻るって……きみ、あの世界から逃げてきたんだろう？　戻ったら、捕まえられて殺されちゃうじゃないか！」

「殺されやしないよ。……連れ戻されるだけだ」

シン、と降りてくる沈黙。リートはこんな声でしゃべる子だったか？　こんな、落ち着いた、大人びた声で？　もっと弾むような、生き生きと楽しそうな声じゃなかったか？

「連れ戻されるって、リート、きみは――」

「おれの本名は、プリンツ・アルトリート。……父は、あの世界の、エーアトベーレン王国の王、クラウス六世」

にこりと笑う口元。

「こちらの世界に来たのは、父さんと喧嘩《けんか》したからなんだ。君のおじいさんが話していたような、血で血を洗う戦乱から逃げて亡命とかじゃなくて、ただ単に家出していただけさ」

「……家出？」

意外な言葉に、湊は驚く。

「でももう、それも終わりだ」

リートが落ち着いたまなざしで湊を見つめてくる。

「父さんから仲直りしようって手紙が来たから……機嫌を直すことにしたよ。王宮に戻って、父さんのそばで、また王子として暮らすんだ」

父さんのそばで、という言葉に、湊はショックを受けた。リートがお父さんのそばに戻る？　ここを離れて？

――ぼくを捨てて……？

――ぼくを……ひとりにして……？

すっ――と血の気が引く。

「ず……！　ずるい！」

湊は叫んだ。

「ぼ、ぼくには、もう、お父さんはいないのに……」

湊はしゃくりあげながら、怒りを吐き出した。

「リートだって、そのことは知っているくせに！」

「ミナト……」

「じ、自分だけ……自分だけ、お父さんのところへ帰るんだ。自分だけ、お父さんのところに！　ぼくを捨てて！」

「……っ」

リートは困惑しきった顔をしていた。今思えば当然のことだ。リートは父親が健在だったが、湊はそうではなかった。ただそれだけのことだ。ずるいも何もありはしない。それをいきなり非難されても、困る以外にどうすることもできなかっただろう。

でも、あのときは湊自身も、自分の心に湧き上がるどす黒い気持ちを、どう治めていいかわからなかったのだ。リートが、この夏の日々を自ら終わらせようとしている。湊との暮らしを終わらせ、湊を捨てようとしている。そのことが、どうしても許せなかった。

「――きらいだ」

湊はわなわなと全身を震わせた。「ミナト」と絶句するリートを、きっとにらみつけて、喚く。

「リート、リートなんか……きらいだ、だいきらいだ……！　どこにでも行っちゃえよ……リートなんか……リート、なんか……」

もう声にならない。それでも、喘《あえ》ぎ喘ぎ、湊は繰り返した。大嫌いだと。

「……わかったよ、ミナト」

つぶやく声。

「さよなら」

号泣する湊の前で、がしゃん、と蛇腹扉が開く音がした。そしてまた、がしゃん、と金属の音。

ぐおぉぉん、とうなるような音がして、湊はうつむけていた顔を振り上げた。

リートは、もういなかった。

「リート！」

湊は蛇腹扉に飛びついた。けれどもその扉は、湊の手では、まるで氷の壁のように冷たく、ぴくりとも動かなかった。

――そうだ、この通路は、獣人でなければ通れないんだ……！

リートが行ってしまった。湊は体の血がすべて足もとまですうっと下がったような感覚に襲われた。

リート、もう会えない。もう二度と会えない……！

「リート！　リート、リート、リート！」

がしゃん、がしゃん、と蛇腹扉が鳴る。握りしめた拳《こぶし》が痛むほど、湊はそれを叩き続けた。

嘘だろう、リート。きみとの別れがこんな——こんな、ひどいものになるなんて……！

「リート、戻ってきて、リート！」

大嫌いなんて、嘘だよ。せめてそう言いたかった。けれど時は戻らない。上昇したエレベーターが戻ってくることも、なかった。

「……湊」

背後から老人の声がした。そこに立っていた祖父に、湊は駆け寄って、抱きついた。

「じいちゃん、じいちゃん……！」

声にならない泣き声で、湊は懇願した。リートが行ってしまった、と。

「リートが、行ってしまった。じいちゃん、連れ戻してきてよ。それか、ぼくをあの世界に連れていってよ……！」

「すまんな、湊」

祖父は告げた。

「わしは何度も、あの世界の謀反人や逃亡者を匿《かくま》ってきたお尋ね者だ。うっかりと捕まったりしたら、もうこちらには戻れん。そうなると、お前の面倒を見る者がおらんようになってしまう」

「……っ！」

「それにな、あのライオン小僧は、自分の意志で戻ることを選んだんだ。やはり親のそばがいいと思ったのだろう。その気持ちは、尊重してやれ」

違う、違う。

湊はだだをこねた。ぼくはリートに戻ってきて欲しいのじゃない。ただ、あの言葉を取り消したいだけだ。あんなひどい言葉が最後だなんて、嫌だ。大好きなともだちに、大好きだよって言ってさよならしたい、それだけなんだ！

号泣は次第に忍び泣きになり、古びたビルのすえた臭いのする空気の中に、いつまでも響き続けた。

＊　＊

――眠れない。

湊は布団に埋まりながら、ごろり、と姿勢を変えた。

今日は久しぶりに思い切り仕事をした。明日のバザーに出すチョコ菓子の準備は万端だ。たったひとりで作ったにしては充分すぎる量の菓子が、今、一階の厨房で明日の出番を待っている。久々にくたくただ。なのに。

眠れない。どうしても眠れない。

──ショコラティエ以外の生き方なんて、お前にできるのか……？

海老原が明言したとおり、湊はもの柔らかな外見に反して、頑固者の職人肌だ。人間関係や、業界内での「政治」をこなす器用さはない。そんなものがあれば、師匠が突然、愛弟子《まなでし》だった湊を横領犯呼ばわりし始めたとき、もう少しうまく立ち回れただろう。

二〇年前──。

リートが元の世界に戻っていってすぐ、湊もまた、この古都を離れた。母親が見つかったのだ。母は一応、湊を引き取ってはくれたけれども、すでに新しい夫と子どもがいる身でもあり、湊は居場所のない家で肩身狭く暮らすことになった。

ショコラティエを志したのは、手に職をつければ早く自立できると思ったからだ。そして現実にそうなり、修行と称して日本を離れた。母親とその家族とはそれっきりだ。今現在の家族を大切にすることを選んだ母には、何の恨みもない代わりに、愛着もない。

ただ、家族との絆《きずな》が希薄だったぶん、師匠に対する敬愛の念は深かった。その人に信頼を裏切られ、名誉を傷つけられたとき、とっさに頭をよぎったのは、リートとの別れだった。

これは報いだ、罰だ、と──。

あの輝かしい夏、そしてその終わり。理解を拒んでしまった友。最後まで素直に懐けなかった祖父。母やその家族との関係のまずさ。これは、湊が今まで生きてきた中で積み重ねてきた不誠実や不寛容の報いだ。ぼくの生き方に悪いところがあったから、また、愛した人との関係がこんな終わり方をしてしまうのだ――と。

そして、今にして思えば、若くして過ぎるほどの栄冠を与えてくれたショコラをも、自分はそれほど誠実には愛してこなかった気がする。

――いいかい、ミナト。

かつて師匠は教えてくれた。

――ショコラは、単なるお菓子ではない。人類が生み出し、磨き上げた、食べる至宝だ。それに対して人生を懸けられない者や、真剣になれない人間が、いいかげんに接していいものではないのだよ……。

湊は思った。その人類の至宝を、ぼくは実母との悪縁を切る手段として利用しただけだ。あのときのぼくには、円満に日本を離れる口実が必要だったから。

「ぼくは……最初から、ショコラティエになるべき人間じゃなかったのかもしれない……」

カーテンを隔てた窓の外から、冬風の音が聞こえてくる。その物寂しさに目を閉じた、そのときだった。

ごうん、ごうん……と、古く重々しい機械音が聞こえてきたのは。

それは紛れもなく、あの、異世界に通じる古錆びたエレベーターの動く音だった……。

「……いい匂い」

「いーにおいー！」

「うん、何だろう。甘い匂いだね」

暗闇にうごめく影が三つ。うちふたつは子どもサイズ。もうひとつはもっと小さな幼児だ。年少の影は歩き方もまだおぼつかなく、年長のふたりにすがりつくようにして立っている。声からして、年長のうちのひとりは女児のようだ。

「ほらエルウィン、この菓子美味そうだぞ！」

「ちょ、マクシミリアン、そんな何かわからないもの……！」

「うま、うまー！」

「そうか美味いか。じゃ、おれも……うわ、これ美味《うめ》えー！」

「え、ホント？」

「お前も食ってみろよグレーテ、こんなに美味いもの初めてだ！」

「じゃ、ちょっとだけ……うわ、ホントだ！　甘ーい！　おいしーい！　それに何、この香り！」

「こっちの小さいのも美味いぞ！　中に仕込んであるジャムみたいなの、何かの果物味だ！」

「これはナッツね！　あ、ほらこれ柔らかいわ。エルウィンでも食べられそう！」

「んま！　んま！」

ぱちん、と電灯をともす。

一気に明るく輝いた蛍光灯の下にいたのは、三人の子どもだった。全員、一様に口の周りをチョコ色に汚し、全員が——色味はそれぞれ違うものの——金髪だった。

——日本人じゃない。というか……この世界の人間じゃない……?

パジャマ姿で入り口に仁王立ちする湊は、彼らを見てぞわりと震えた。やはり、そうだ。あのエレベーターの動く音。あちらの世界と繋がる通路が、なぜか今ふたたび、開いたのだ……!

「君たち——」

茫然と口を開いた湊に、年長のほうの男児が——たぶん、八、九歳くらいだろう——が、タックルするように飛びかかってくる。そして湊にがっしりとしがみついた姿勢で、叫んだ。

「グレーテ、エルウィン、逃げろ!」

それに応じて、女児が年少の男児を抱え、わーっ、と走り始める。ふたりが湊の脇をすり抜けたのを見届けてから、男児は湊の足にしたたかに蹴りを入れ、逃げ出した。

「い、痛っ……!」

ちょうど臑《すね》の痛いところに蹴りを食らってしまった湊は、その場にしゃがみ込んで悶絶《もんぜつ》した。子どもの軽い足音が、ぱたぱたと廊下を駆け去っていく。

「ま、待って……!」

湊は慌てて追いすがろうとする。

「待って、待ちなさい!」

湊は焦った。ダメだ、逃げられたら、もうチャンスはない。もう一度あの世界と繋がれるチャンスが……！

「早く来い、グレーテ！」

先にエレベーター前に到着した男児が叫ぶ。幼児を抱えているぶん、女児は足が遅いのだ。「ま、待ってよマクシミリアン！」と息を切らせる女児に、湊の手が伸びる。

その瞬間、女児の腕の中の幼児が、しゅるん、と体形を変化させた。

そして――。

「みゃーっ！」

遠い昔に聞いた憶えのある声が、寒々しい廊下に鳴り響く。と同時に、湊の胸元に、どすん、とボールがぶつかるような衝撃がくる。

「エルウィン！」

「ぐっ……！」

鳩尾《みぞおち》に食らって、湊は再度膝をつく。頭突きのように一撃を食わせてきたそれは、体つきのわりに太い四本足を持つ、丸い耳の猫科動物だった。精一杯威嚇をしてシャーッ、とうなっているが、つぶらな瞳といい鼻面のつぶれた顔つきといい、明らかにまだ幼獣だ。あのときのリートより、さらに小さく、赤ん坊に近い――。

「リ……」

リート。

湊の口からこぼれたその名に、年長のふたりがぎょっと目を見開き、動きを止めた。

「あなた……」

女児がつぶやく。

「どうして、兄さまの名前を知っているの？」

そのとき、うぃーん、と機械音が響き始めた。誰ひとり人を乗せないまま、エレベーターが上昇してゆく。

ちーん、と到着を告げるベル。

だがそれは、すぐに下降し始めた。そうして、ふたたびエレベーターのカゴが、三階に到着し、ちーん、と告知音が響く。

蛇腹の金属音をがちゃがちゃと響かせて、扉が横に開いた。

そこに――。

まばゆいばかりの、白銀の輝きがあった。

「っ……！」

安っぽい蛍光灯の光をはじいて、真っ白に光り輝くもの。雪像？　石膏像《せっこう》？　いや――。

ぶるん、と身を振ったそれが、むくりと四つ足で立ち上がった。雪かと湊の目を欺いたものは、豊かに広がる白いたてがみだ。

——白いライオン……！

その迫力、その美しさに、湊は息も忘れた。

りりしく厳しい顔立ち。凜《りん》とした鼻筋。うねるように流れるたてがみ。厚い胸板。しっかりと太い四肢。かすかに爪が床に当たる音を立てながら、ゆったりと歩み出てくる余裕ある物腰。

すっかり姿は変わってしまった。けれど湊にはわかった。これは「彼」だ。かつての幼獣のかわいらしさは消え失せ、堂々たる姿に変わってしまったけれども、その神秘的なまでの白さ、そして澄み渡る空色の瞳は、「彼」以外にあり得ない。

——ふわふわ、だ……。

そうして茫然と見とれる湊の顔を、白銀のライオンはちらりと見上げた。そして突然、四肢を踏ん張る姿勢になったかと思うと、体全体がぐにゅりと歪《ゆが》んで、人間体に変化した。衣服は……かろうじて、局部を隠す程度の下着だけを身につけている。

「マクシミリアン、グレーテ、エルウィン」

ほぼ裸体の男が、成熟した大人の低い声で告げた。

「まったく、お前たちは勝手にこんなところまで……」

大柄な体つき。盛り上がった肩の筋肉。

そして——銀色の髪、空色の瞳……。

「さあ、帰るぞ。こんなことが宰相に知れたら、また何時間も説教だ」

湊は立ち尽くしたまま、思った。見間違えるはずもない。外見がどんなに変わっても、わからないはずがない。

「リート……」

アルトリート。

小さな子ライオンだった少年は、堂々たる風格を備えた大人の男に成長していた――。

「マクシミリアン、グレーテ」

アルトリート――とおぼしい――裸体の青年は、ひどく魅惑的な深い声で、男児と女児を促した。特別怖い声ではない。だが名前を呼んだだけで、相手を従わせてしまうような何かがある。実際、男女ふたりの子はそれだけで震え上がり、「ごめんなさい」と頭を下げた。

「ごめんなさい、お兄さま」

「おれにじゃない。お前たち、勝手に人の家をうろうろしたのだろう」

空色の目が、ちらっと湊を見る。湊はパジャマ姿で、ひゃっと背筋を伸ばした。

「謝るなら、この人にだ。さあ」

「ご、ごめんなさい」

「ごめんなさい」

赤みを帯びた金色の頭髪が、ぴょこん、と下がる。こうして見ると、ふたりの背丈はまったく同じだ。もしかすると、男女の双子なのかもしれない。湊がそう思ったときだった。

「みゃっ！　みゃっ！」

短い鳴き声を続けてあげ始めたのは、赤ん坊ライオンだ。その子は双子の足もとをくるくる徘徊し、あるところでぴたりと止まって、けふけふ、とせき込み始めた。

「ん、どうしたエルウィン……お前、まさか」

リートが、大きな掌《て》――記憶の中にある幼少期のリートのそれと比較すると、人間ってこんなに成長するものなのか、と感銘を受ける――で、赤ん坊ライオンをひょいと持ち上げた。大胆な扱い方だが、襟首をつまんで持ち上げるようなぞんざいさはなく、やさしく尻の下を支えてやっている。その掌の中で、赤ん坊はさらに、けふ、けふ、ともがいていた。

「お前たち、まさかアレを」

リートが目尻をきりりと持ち上げる。だが幼児たちを詰問しようとしたまさにその瞬間に、その手の中で赤ん坊ライオンが、するりと姿を変化させた。素っ裸の、まるまると肥えたちびっ子に。

「にいちゃー」

ちびっ子が驚いたように目を瞠《みは》っている。その口元に濃い茶色の汚れがあるのを見て、リートは天を仰いだ。

「まったく、お前たちは……」

何もやらかすことまでおれに似なくてもいいのに、と嘆息する。それを聞いて、湊は、ああやっぱり、と息を呑んだ。

——ああ、やっぱり、間違いなくあなたなんだ。リート、アルトリート……！

「……ミナト」

不意に名を呼ばれて、湊はびくりと震えた。夢でも幻でも願望でもない。今、目の前にいるこの青年は、あのリートだ。そのことに茫然としている湊に、彼は告げた。

「君がここにいるとは思わなかった」

「あ……いや、その。ちょっと色々あって、最近こっちに戻ってきたばかりで……」

「そうか。弟妹たちがすまなかった」

「ていまい」

湊はオウムのように返した。兄弟にしては年齢が離れている事情を尋ねられていると思ったのだろう。リートは「母親が違うんだ」と短い説明を投げ返してきた——湊のほうを見ようとしないまま。

「リート、あの」

「こいつらが」

空色の目は、彼が言うところの弟妹たちを見つめたままだ。

「こいつらが盗み食いをしたぶんは、後日、必ず弁償させてもらう。だが今は、一刻も早くこいつらを王宮まで連れ帰らなくてはならないのでな」

通りのいい声で淀みなくしゃべりつつ、リートはまったく湊のほうに目をやらない。腕の中の裸の幼児——かつてのリートと色違いのような子ライオンに変化するエルウィン——を、よしよしとあやしている。

「お前たちも、もう気が済んだだろう。帰るぞ。あまり長居をすると、義母上《ははうえ》のご心痛がひどくなる」

「……はい」

「はぁい、兄さま」

素直に返事をした年長のふたりの金髪を、リートは撫でてやった。やさしいお兄さんの仕草に、幼児たちの表情がはにかみ笑いになる。

「では、失礼する」

優雅に一礼する仕草。それを真似《まね》る二人の幼児と、ひとりの赤ん坊。

がちゃがちゃ、とエレベーターが閉まり、上昇していく。

その姿を、湊は唖然《あぜん》と、ただ見送ってしまった。あの九歳の夏の終わりと同じように。いや、それよりもさらにひどく、まったくの無言のままで。

「——っ、リート……」

一度も、まともに湊のほうを見なかった。

久しぶりだな、も、元気だったか、もなかった。

（いや、今日はあの子たちがいたからだ）

小さな子どもを監督しているさなかに、昔の知り合いとしみじみ向き合う暇などなかった。ただそれだけのことだ――。

そう、自分を説得しようとして、湊は失敗した。

でも、リートに、また、会えた。

その痛みは、思ってもみないほどの強さで残された。打ち消しても、気にしないよう努めても、言いようのない気分の悪さから、ずっと逃れることができなかった。

＊　＊

天板に重ならないよう広げた殻付きカカオ豆を、オーブンで焼く。一三〇℃、予熱はいらない。時間は六〇分。カカオは収穫のあと発酵処理されるので、焼くと最初は少し酸っぱい、漬け物のような匂いがする。これが飛んで、「チョコレートの香り」になれば焼成は完了だ。

焼きあがった豆の殻を剝《む》く。うまく焼けていれば、指先でパキッと割れるが、何しろ数が多いので根気がいる。

パキッ、パキッ。一粒ずつ、一粒ずつ、丁寧に。

すんっ、と鼻を鳴らして、ふうとひと息。

「やっぱり、カカオの香りは心が落ち着くなぁ……」

市販で買ったにしてはいい豆だ。きちんと発酵処理もされている。良心的な生産者が作ったオーガニックのきび砂糖も手に入れたし、出来上がりが楽しみだ。

――楽しみ？

一瞬、手を止めて、湊は苦笑した。皮肉なものだ。あのニューヨークでの事件の直後にはもう、カカオの香りを嗅《か》ぐのも嫌だったのに、今はこうして、豆に触れることができるようになった。だがその代わり、もっと過去の、子ども時代の悔恨がよみがえってしまった――。

『後日、必ず弁償させてもらう』

リートの声。

「はぁ……」

漏れる吐息。

「あれって、また来るよ、ってことだよね……」

すっかりと立派に男らしくなったその姿、その声、その立ち居振る舞いを思い出すと、熱病にとりつかれたような気分になる。ましてあのときのリートは、男性ストリッパーのように小さな下履きひとつ身につけただけの、色香あふれる裸体だったし――。

「あーあ」

湊は派手に嘆息した。

「あのリートがあんなに格好よくなるなんて……」

反則だろう、あれは。だって子どもの頃のリートは甘えん坊で、湊にべったりで、本当にかわいらしくて……それが、あんな——。

セクシャリティというほど確固としたものではないが、湊はどうにも、美しいものに魅了されやすい傾向がある。性別どころか人類非人類を問わずだ。ショコラに魅せられたのも、最初は宝石のようなビジュアルからだったし、子どもの頃のリートに目を惹《ひ》かれたのも、その真っ白いボディからだった。要は面食いなのだ。そして先日見た、白銀の雄ライオン——。

人間と化した彼の、立派な半裸姿を思い出す。

「ふわぁ……」

顔が熱い。膝から力が抜ける。けれど、そんな浮き立つような気分は、リートの冷たい——というより、今思えば、はっきりと敬遠されていた——態度を思い出すことで、びしゃりと冷や水を浴びせられてしまう。

（——当然のことだよな……）

苦い思いで、目を閉じる。リートは記憶しているのだ。あの別れの日の湊の言葉を。ずるい、ひどいと罵った、あの言葉と、湊の態度を。

まだお互いに子どもだった時代のことだ。そう思って許すには、リートにとってもつらすぎる過去なのだ。あれは。

そのときだった。いつも、湊に驚倒の事態をもたらすあの機械音が響いたのは。

がちゃん、がちゃん、うぃーん……と、エレベーターの動く気配。

湊は、ぎゃっ、と叫んでしまった。来た。とうとう、来た。リートだ。きっと、そうだ。

「あああああ」と謎《なぞ》の悲鳴を漏らしながら、厨房の作業台の周りをうろうろする。その間にも、蛇腹扉ががちゃんと開く音がし、コツコツ……と、廊下を歩く靴音が近づいてくる。

ドアノブが回る。

ひいっ、と息を呑んだ湊は、厨房器具の置かれた壁に張りついた。小さな鍋が落ちて、がちゃん、と音がする。

やがて、ゆっくりと開いたドアの向こうに、立っていたのは——。

「失礼、こちらはヒミ・ミナト氏の住居で間違いないだろうか」

見たこともない、中肉中背の若い男だった。明らかに異世界のぞろりとした装束を着て、癖のない黒髪を長くし、古風な片眼鏡《モノクル》をかけている。

「わが名はコンラートと申す。主《あるじ》、エーアトベーレン王国国王アルトリート三世の名代で参った」

「……」

大時代的な身振りそぶりの青年を、湊は無言で見つめた。返礼がなかったことで、非礼な輩《やから》だと思ったのだろう。片眼鏡をかけた端正な顔に、ふん、と言いたげな表情が浮かぶ。

「先日の、三王子の弁済をしに参ったのだが、来客に椅子《いす》を勧める礼儀は、こちらの世界にはないのかな？」

その言いように、湊はむっと唇を尖らせた。どうやらどこの世界にも、嫌味なインテリというキャラクターは存在するようだった。


書架に埋もれたような亡き祖父の書斎は、客人を招き入れるには体裁のいい部屋とは言えなかったが、それでもテーブルと椅子があるだけ、他の部屋よりはマシだった。湊はそこへ、異世界からの珍客を案内した。

「粗茶ですが」

すっ、と湊が差し出したのは、この古都に住み着いてから買い求めた最高級の宇治茶《うじちゃ》の玉露だ。感じのいい男ではないが、一応、客であるからにはもてなさなくてはならない。

「リートの代理人だとおっしゃいましたね」

そう話を促すと、コンラートは茶碗を持ったままぴくりと眉をあげる。

「ほう、われらが国王陛下を愛称で呼ばれるとは、なかなかの度胸だ」

「………失礼をいたしました」

「いや、嫌味で申し上げたのではない。貴殿が陛下とは幼少の頃より昵懇《じっこん》の間柄であることは承知している」

昵懇、とは、ずいぶんまた難しい言い回しをする人だ。そう思っていると、いかにも聡そうな薄い唇が、こくん、と茶を飲み干した。

「ただ、あちらの世界には陛下を至上の存在とする者もいる。無用の憎しみを買わぬよう、忠告はさせていただく」

「……ハイ」

湊は小さくなりつつ返事をした。いかにも切れ者らしいこの人は、たぶんリートの忠実で有能な臣下なのだろう。だとしたら、自分に彼を嫌う理由はない。だけれどやっぱり、苦手なものは苦手だ。

「実は、本日は用件がふたつあって参った。公用と私用。さて、どちらから済ませるのがご希望かな」

「……では公用から」

イラッとしつつ、湊は促す。

「陛下の御諚《ごじょう》は他でもない。先日、三王子がこちらで働いた非礼に対し、詫《わ》びをなされたいとのことだ。あいにく、こちらの金銭価値が誰にもわからなくてな。これで足りようか？」

すっ、と差し出されたのは一枚の金貨だ。思わず、湊はスマホを取り出し、ネットで現在の金価格を調べた。メープルリーフ金貨を参考にすると――いやいや、これは。

「多すぎます。あの件でぼくが受けた被害はせいぜいこれの一〇分の一だ」

湊が押し返すと、コンラートはさらにそれを押し戻してきた。

「では差額は迷惑料か慰謝料ということで受け取ってくれぬか。わたしも、陛下の命を果たさねば帰れぬのだ」

「……はぁ」

それもそうか、と湊は考える。この人は、いわば公務員としての仕事で来ているのだし、断っても困らせるだけだろう。ここは素直に受け取っておくことにしよう。

「では、私用のほうだが」

すっ、と空になった茶碗が湊のほうへ押し出される。どうやらおかわりが所望らしい。

「実はこちらもあの幼い王子王女方絡みのことだ。マクシミリアン、グレーテ、エルウィンのお三方を生みまいらせたエレーナ王太后という方がいらっしゃるのだが」

何度か茶を注《つ》ぎ足しながらのコンラートの長い説明によれば、エレーナはエーアトベーレンの隣国トラウベン公国から、若い後妻として嫁いできたが、双子を含む子どもを三人生んだあと、若くして未亡人となった。夫であるクラウス六世王とは、相当年の差のある夫婦だったが、政略結婚にもかかわらず仲は睦《むつ》まじかったらしく、それだけに夫の死は彼女に打撃を与えた。未亡人になって以降、彼女は気鬱《きうつ》に沈み、王宮の奥深い部屋に引きこもったままだという。

「三王子はまだどなたも母親恋しいお年頃だ。だがお母上はお子方にもめったに顔もお見せにならず引きこもりっきり……寂しく不安な思いをされている姿を不憫《ふびん》に思われた陛下は、多忙な公務の合間を縫って、できうる限り弟妹方とお過ごしになられている」

湊は「ああ」とつぶやき、首肯した。

（そうか、それで先日の彼は、弟妹たちを連れてあの「精霊の森」に来ていたのか）

「陛下には、そういうおやさしいところがおありになる。素晴らしいことだと思う」

「はい……」

湊は目を閉じた。心が温まる。そうだ、リートは昔からそういう男だった――。

「だがしかし、陛下が、ただでさえ少ない私的なお時間を、弟妹方のためにこれ以上費やされるのは、よろしくないともわたしは思うのだ」

コンラートは姿勢を直して両手を組んだ。何やら思案している風で、目が湊のほうを見ていない。

「エレーナ王太后の病は、ご一家にとっては悲劇的なことではあっても、あくまで王家内の私事。そのために王陛下という公的なお立場の方の時間が削られたり、お悩みを増やされるのは、あまり好ましいことではない」

「公私のけじめを、ということでしょうか？」

コンラートは深くうなずいた。

「うむ、まさにそうだ。わたしは王陛下個人に忠誠を捧げる臣ではあるが、同時に国家の官僚でもある。陛下の、ご家族を想われるおやさしさを貴重に感じてはいても、どうか私事にかまけるのはほどほどに、と口出しをせぬわけにはいかぬ」

「……」

この人は、そうして実際にリートに「ほどほどに」と諫言《かんげん》したのだろうか。そうしてリートは、それにどんな反応をしたのだろう。もし「よけいな口出しをするな」と怒られたのなら、ずいぶんと損な役回りだ。自らの職務に忠実に、国と主君を想ってしたことなのに。

「だが考えてみれば、それもこれも王太后さまの病が癒えれば解決すること。そこでわたしは、個人的なツテをたどって、気鬱の病に効く薬や療法を探し求めた。そうして、遠く海を越えた南方の地に産するという木の実を手に入れたのが、今から半年ほど前だ」

それは現地の住民たちから、「神の木の実」と呼ばれているものだそうだ。すりつぶし、湯か水に溶いて飲めば、あらゆる病が癒える。特に気鬱を晴らし、元気をつける効果が素晴らしく高い、と――。

「だが王太后さまは、これを好まれなかった」

それはあまりに苦く、あまりに渋く、口当たりもざらざらして、しかも鼻を突くような酢酸《さくさん》の臭いがする飲み物だった。根っから深窓の貴婦人育ちであるエレーナには、とうてい受け付けられるものではなかったのだ。

「どうお勧めしても、もう嫌じゃの一点張り。まさか王太后たるお方の口を無理矢理押し開いてお飲ませするわけにもいかぬ。これも無理か、と諦めかけておったとき、例のお三方が、不思議なことを言い出された」

――あの世界で食べたおいしいお菓子は、お母さまのお薬と同じ匂いがしたよ！

「陛下にも確かめたが、なぜか『あの者に安易に関わるでない』と渋いお顔でな。お心当たりがあるともないともおっしゃられなかった」

「……っ」

やっぱりな、と湊は思った。リートはぼくと関わりたくないのだ。わかってはいても、改めて明言されるのは、やはり……。

「しかし、王太后さまの御病《おんやまい》は喫緊《きっきん》の課題。治癒の可能性がある療法は、諦めずに効果を追い求めるべきであろう。たとえ、陛下のご意志に背こうともな」

すっ、と茶を飲む。作法など知るはずもないのに、その姿には品位があった。自分に厳しい人だからだろうか。

「改めてお聞きするが——先日こちらで、三王子が食べてしまわれたという菓子は、我らの世界で言う『神の木の実』を加工したものだろうか？　そうであれば、是非、王太后さまに献上いたしたいのだが」

「少し、待っていてください」

湊は席を立ち、一階の厨房に戻って焼き冷ましていたカカオ豆を数粒、小皿に入れて戻ってきた。殻を剝けば真っ黒なそれを、コンラートの前に置く。

「どうぞ」

「ふむ、これは……」

「この豆は、こちらの世界では正式にはテオブロマ・カカオ・リンネという木の実です。テオブロマとは、古い言葉で『神の食べ物』という意味だそうです」

「貴殿は、これを本当に、甘くておいしい菓子にできるのか？」

コンラートが、つまみ上げた豆を不審そうに眺めて言った。まあ、確かに、カカオ豆はそれだけ見ればただの扁平《へんぺい》な形のナッツだ。

「ええ、できます。ぼくは――」

湊は無意識に、手のひらをきゅっと握り込んだ。

「ぼくは、それ専門の職人なので」

――やめようとしていたくせに、何を言っているんだ、ぼくは。

そう思わなくもなかったが、湊はそれについては考えるのを止《よ》した。リートの義理の母親、そしてリートの家族の安泰に関わる事態が起こっていて、その解決に手を貸せる可能性があるのならば、葛藤している場合ではない。彼には、償わなくてはならない負い目がある。

――だいきらいだ。

あんなひどい言葉と態度で別れてしまった負い目が。

「食してみてもよいだろうか」

「――あ、ちょっと待ってください」

湊は手を伸ばして制止する。

「コンラートさん、あなた――獣人、ですよね？」

若い臣下は驚いた顔をした。

「……なぜわかった？」

「あの通路は、獣人か、獣人に伴われた人でなければ通過できないんです。あなたはそこを、ひとりでやってこられたようですので……」

「ほう、貴殿はなかなか鋭いな」

思っていたよりも頭がよさそうだ、と言いたげな表情だ。

「では気をつけてください。先日の、あのおちびさんのライオンっ子もそうでしたが、獣人の方がそれを食べると、獣の姿でいられなくなります。リート……陛下の幼少の頃の例から考えて、おそらく一時のことだと思いますが」

「しばらく獣体に変化できないということだな。なら問題はない。わたしには当面、獣になる予定はないし、王太后さまは獣人ではない」

言うなり、コンラートはそれを口に入れた。こりっ、と噛む音がして「ふむ」と口元に指で触れる。

おそらくその口の中は、今、チョコの香りと、苦みに満ちているだろう。加工前のカカオニブには甘みはまだないが、粗く砕いた状態で料理の風味付けに使うこともあるくらいだから、不味《まず》いものではない。

「まさしくこれだ。王太后さまに差し上げた、気鬱を晴らす『神の木の実』……。貴殿、これを貴婦人が好む甘い菓子にすることができるのだな？　王太后さまが、喜んで食してくださるようにすることが、できるのだな？」

「はい、それは……」

もちろん、と答えかけて、湊ははたと口を閉ざした。

――リートの義母に、ショコラを献上する。

それはすなわち、あの世界にショコラを持ち込むということだ。カカオ豆は存在するものの、まだアルカリ処理されたココアパウダーも、なめらかに精錬《コンチング》されたイーティングチョコレートもないであろうあの世界に、こちらの世界の、はるかに洗練された二十一世紀のショコラが出現するということだ。

――それは、許されることなのだろうか……？

『ミナト。ショコラは、ただの甘いお菓子ではない。それを巡って、人と人とが血で血を洗うような争いを起こしてきた魔性のものだ』

ニューヨークの師匠の言葉が脳裏によみがえる。

『君には、命を懸けて、それと向き合う覚悟があるかい？』

湊はきゅっと唇を噛んだ。手の震えが止まらない。

――ぼくは今、命を投げ出しても償えないような罪を犯そうとしているのかもしれない……。

けれど。

（もし、王太后という人が、ショコラで少しでも元気になるのなら――それが、少しでも、リートのためになるのなら……）

少しでも、彼の役に立てるなら。

ぼくはどんなことでもしよう。

「もちろんです」

湊はきっぱりと応えた。

「そういうことであれば、今は休業中ですが、全力でおいしいお菓子を作って差し上げましょう」

——それがリートへの、償いになるのなら……。

＊　＊

数日が過ぎた。

「ふむ」

コンラートは片眼鏡《モノクル》の角度を直し、着替えた湊の全身をためつすがめつとっくりと眺めた。そしておもむろに、「まあ、悪くない」と高飛車に評価を下す。

「身の丈がわたしとほぼ同じだったのは幸運だったな。でなければ貴族や廷臣たちの好奇のまなざしにさらされながら、妙な衣装で宮中を練り歩くはめになるところだった」

「……」

コンラートからは及第点を頂戴したが、湊は困惑するばかりだ。異世界の衣装はぞろりと長く、何だか西洋時代劇の舞台衣装のようだ。果たしてこれは、似合っているのだろうか？　リートの目には――どう映るだろう？

「では行こうか。ずいぶんと大荷物のようだが、少し歩くぞ」

「はい、はい」

双子の赤ん坊が入りそうなほどのサイズのかごを、湊はため息半分に肩に負う。手を貸してくれる気配が微塵《みじん》もないあたり、いかにもこの青年らしい。

促されて、乗り込んだエレベーターが上昇する。ちーん、と音がして停止。蛇腹扉に手をかけ、横に折り畳むようにして開く。そこは見覚えのある洞窟の中だ。

「足もと」

短く、コンラートが言う。一応、「気をつけろ」と忠告してくれているつもりらしい。

湊はつい、前を歩くその若い背を見つめる。獣人だと言うが、リートに比べればたくましさに欠け、線が細い。しかしいかにも国家に仕える身らしい、筋の通った背中だ。

（まだ若い……よな？　もしかするとぼくより年下かも――）

嫌味な男だが、この若さで一国の官僚とは、ずいぶんと立派なものだ。それに比べてぼくは、ショコラ界からも逃げ出し、身も立てられず……と湊が劣等感に苦しんでいる間に、洞窟の暗闇が尽きた。目の前に広がったのは、むせかえるような緑の森、そして底まで澄んだ水をたたえる泉だ。

（あのときのままだ……）

そうだ、あの泉のそばに転がった丸太に腰かけて、祖父から話を聞いた。信じられないような、世にも奇妙な話を聞かされたあげく、祖父は目の前できつねに化けて——。

「何をしている、こっちだ」

だが湊の感慨など知らないコンラートは、あっさり急げと催促する。やむをえず足を早めて後を追いながら、湊は問いかけた。

「コンラートさん、あなたも……赤ちゃんのとき、この森の精霊からお乳をもらって獣人になったんですよね？」

「そうだが、それが？」

コンラートの口調は面倒くさげだ。どうやら、獣人すべてが自分たちを生み出した精霊や、そのふるさとであるこの森に、思い入れがあるわけではないらしい。

「何の動物に変化するか、聞いてもいいですか？」

「……その話はしたくない」

コンラートが口を閉ざす。そのとき、御者が待機する二頭立ての馬車が見えてきた。乗れと言われて乗り込み、腰を下ろすと、御者が手綱を操って馬を歩かせ始める。

がらがら、と音がして、振動が伝わり始めた。その音に紛れるように、コンラートが口を開く。

「獣人が獣人であるというだけで崇《あが》められ、尊重されたのはもう昔の話だ。今はむしろ、あまりいい待遇を受けないことが多い。宮廷のようなお堅い場所では、特にな」

「そう、なんですか――」

そういえば祖父も生前、そんなことを言っていたっけ、と湊は思い返す。コンラートはそんな湊の横で姿勢を改め、「わたしがそれなりに廷臣らしい地位を築いていられるのは、現在の王陛下アルトリート三世によるお引き立てあってのことだ」と告げた。

「陛下ご自身、獣人であられるし、陛下の末の異母弟君であられるエルウィン殿下もまたしかり。しかしもし、今も先代王クラウス六世陛下の御代が続いておれば、わたしなど王宮に参内することも叶《かな》わぬ身のままであったろう」

がらがらがら、と車輪の音が続く。

「先代の陛下は、獣人がお嫌いであられたゆえ――」

いかにも不承不承にこぼされたそのつぶやきは、騒音にかき消された。

――獣人嫌い？　だって、跡取り息子のリートと末っ子のエルウィンがそうなのに……？

その疑問を、湊は口に出せなかった。声をひそめたコンラートのその態度から、あまり口に出すべきではないことだと窺《うかが》えたからだ。

『父と喧嘩して家出したから、こちらの世界に来た』

そう語っていた幼い日のリートを、湊は遠い記憶として思い出していた。最終的には親子は和解し、リートは父親の元に戻った。だが、もしかすると、あの頃の自分が思っていたより、父子間の事情は複雑で深刻だったのかもしれない――。

エーアトベーレン王国は、湊が想像していたよりも大国のようだった。馬車がゆく街道は規則的な石敷きで舗装され、道に面した家々はきれいに整えられて、商店は凝った看板をかかげ、窓辺には花が飾られていた。道行く人々も身ぎれいだ。駆け回る子どもたちの顔は明るく、きちんと食事を摂《と》らせてもらっているようで、体つきも血色もいい。

「いい国ですね。とても繁栄している」

湊が感想を漏らすと、コンラートがふんと鼻を鳴らした。

「表向きはな。裏に回ってみれば、色々ある」

そっけない態度に続いて、そら、と一方を指さす手が挙がる。

「そこの角を曲がれば、そろそろ王宮が見える」

「……！」

「身を乗り出さないでくれ。見咎《とが》められる」

行儀の悪い子どものような叱られ方に、湊は慌てて顔を車窓から離す。まもなく馬車は兵士が警備する大きな門をくぐった。車を止めて確認されなかったのは、馬車の中にいるのがコンラートだと、兵士たちが視認したからだ。

（顔パスというわけか）

それができる程度には、コンラートは「偉いさん」だということだ。まだ若いのに、大したものだな――と何度目かの感心をしたとき、馬車は大きく曲がり、止まった。いわゆる車寄せだ。降りろと言われ、よっこらせと大荷物を抱えて降りる。

そうして案内された、いまだ若いという王太后の引きこもる部屋は、想像していたよりも明るく、陽のよく当たる一角にあった。

「王太后さま、コンラートが参上いたしました」

声に応えて扉が開かれたところに、若い女性がいた。これがリートの義母かと思ったが、どうやら彼女はこの部屋付きの女官のようだった。無言でどうぞと招き入れられて、コンラートの背にくっつくように入室する。

――窓際のカーテンに隠れるように佇《たたず》む、黒い服の若い女性がいた。喪服だ。念入りなことに、顔を隠す黒いベールまで被《かぶ》っている。

金色の髪、白い肌。整った顎のライン。すんなりした体つき。美女だ。だが憔悴《しょうすい》している感じは、肩を落とし、背筋の倒れた姿勢から見て取れる。

「――外国《とつくに》から来られた薬剤師とやらは、そなたですか」

妾《わらわ》のために薬を調合してくれたそうですね、と力のない声で話す。ハンカチを摑んでいる手が異様に細い。手首など、今にも折れてしまいそうだ。気鬱以前に、ちゃんと食べているのかな――と考え込んでいると、いきなり背後からどすんと腰を叩かれた。コンラートが湊の反応の鈍さに痺《しび》れを切らせたらしい。

「あっ、はい、失礼いたしました。ヒミ・ミナトと申します。本日は王太后さまの憂鬱を晴らして差し上げるものを持参いたしました」

「妾のことはエレーナと呼んでおくれ。王太后と呼ばれると、自分が夫を亡くした身なのだとつくづく実感させられてしまうゆえ……」

もっともなことだ。湊は「わかりました」と答え、持参した籐《とう》のかごをかかげて見せた。

「ええと、その、ご用意するのに少しスペースが必要ですので、そちらのテーブルをお借りしてもよろしいでしょうか？」

そうして、女官たちが数人がかりで（あいかわらずコンラートは手を貸さない）窓辺に運んだテーブルに、湊は持参したものを配置した。

箱の蓋を取り、中身を披露《ひろう》する。

「まあ」

女官が、声をあげた。

「これは宝石ではなくて……？」

エレーナもまた、口元に指先を当てつつ、感嘆したようにつぶやく。彼女の目の前には、半球形をしたボンボン・ショコラがある。模様はマーブル。色はそれぞれ、果実の真紅、ピスタチオの緑、ココアバターの白、ルビーカカオのピンク、ミルクティーのライトブラウン、柑橘《かんきつ》のオレンジ色だ。それぞれに金箔や銀箔を振って、きらきら輝いているかのようにも見せている。

チョコレート色のものを用意しなかったのは、湊なりの思案だ。エレーナはこれまで、砂糖も牛乳も入れていない、カカオ豆をすりつぶして湯で溶いただけの、苦くて渋くてえぐくてざらざらのショコラを飲まされてきたらしい。おそらくもう、チョコレートのブラウンは見たくもないだろう。その上気鬱を患っているとなると、少しでも気分が明るくなるような外見のもののほうがいい――。

「そのようにおっしゃっていただいて光栄ですが、これは食べられるものでございますよ。エレーナさま」

どうぞ、どれからでも、と勧められて、エレーナは細い指を震わせながら伸ばした。最初につまみ上げたのは、もっとも目立つ真紅のもの。

真珠のような白い歯が、戸惑いながら端を齧る。中身はフランボワーズのガナッシュ。さわやかな酸味混じりの甘さが口の中に広がっているはず――。

「おいしい……」

若い未亡人は、打ち震えながらつぶやいた。

「おいしいわ――」

ほろほろと泣き出すエレーナを見て、女官が慌てて近づいてくる。その女官に、エレーナは命じた。

「子どもたちをここに呼んでおくれ、アンヌ」

その白い陶器めいた顔に、泣き笑いの表情が浮かんでいる。

「こんなおいしいものを、妾ひとりで食するわけにはいかぬ。子どもたちの喜ぶ顔が見たいゆえ――」

そのとき、かたん、と音がした。庭に面した掃き出し窓を、誰かが外から開いたのだ。

「リート……」

「ミナト」

その人物の空色の瞳が、見開かれる。

「どうして、ここにいる……？」

王太后の部屋に、庭から出入りできる人物。

それはこの王宮においてただひとり、この国の王であるアルトリート三世しかあり得なかった。


その日の昼下がり。貴婦人の部屋に、ごりごりごり……という音が響き渡る。

「ずいぶんと重そうな荷物だなと思っていたが……」

呆れたような声はコンラートのものだ。

「こんなものを持参していたとはな」

ごりごりごりごりごり……と延々続く音は、すりこぎを回す音だ。懸命な顔でそれを行っているのは三王子の長子マクシミリアン。そのすり鉢を、やはり真剣な顔で押さえているのは、その双子の妹グレーテだ。末子のエルウィンは少し離れた場所で見守る母エレーナの膝に抱かれている。

「ダメだぁ、もう疲れたよショコラティエ！　これまだやらなくちゃならないのぉ？」

「はい、がんばってください。ほら、もっともっと！」

湊は手を叩いてはやし立てた。それを真似して、エルウィンが「がんば～」と母の膝の上ではしゃぐ。マクシミリアンが「ひ～」と言いつつ回す手を再開したのは、くたびれつつもこの作業を楽しんでいるからだろう。

「だいぶお上手になられましたよ、王子」

「そ、そうかな」

ごりごりごりごり、とすりつぶされているのは、焼成したカカオ豆。湊は幼い王子たちに、豆からショコラを作る工程を体験させようとしているのだ。

「ねえ、これどのくらいすりつぶすの？　ショコラティエ」

尋ねてきたのはグレーテだ。湊は答えた。

「人間の舌が、ざらつきを感じない粒子レベルは二〇ミクロン以下です」

「？」

「つまり、まだまだってことです」

湊はクスクス笑う。そのとき不意に、横合いから視線を感じた。ついそちらに目を引かれると、そこにいたのは、こちらを凝視してくる空色の瞳だ。

――リート。

思わず、ぎくり、と、ほほえみを浮かべたまま頬が凍りつく。その凝視は、あまりにもあからさまなものだった。リートは湊の様子を窺い、何かを探ろうとしている――。

「す、少し休憩いたしましょうか、王子さま方」

湊は目を逸《そ》らし、取って付けたように声がけした。

「甘いお飲物をご用意いたしましょうね」

やったあ、と歓声があがる。母親の膝の上のエルウィンは、兄と姉の真似をして「やた」とつぶやく。子どもたちのそんな様子を、エレーナはほほえみながら見ている。

リートの目から逃げるために提案したが、そろそろ子どもたちを休ませるときだ、というのは嘘ではない。何しろカカオ豆をすりつぶす作業は、大の大人が休まずにやっても数時間はかかるハードなものだ。手も痛める。適当なところで交代してやらなくてはならない。

「ではその間は、おれがやっておいてやろう」

リートが名乗り出た。コンラートが「陛下」と制止に入る。「少しだけだ」とそれを遮って、リートはすりこぎを手にした。

──異世界の美男子にすりこぎ。

自分が持ち込んだものながら、違和感しかない絵面だな、と湊は思った。しかも、ごりごりごり……と音が立ち始めてみれば。

「結構、うまい──」

思わずつぶやくと、思いがけずばっちりと目が合ってしまった。ひゃっと縮み上がって目を逸らす。

そうだ、ショコラショーを作るんだった……。

ショコラショーとは、熱《ショー》いショコラ。要するに「ココア」だ。ホットチョコレートという言い方もある。国や地域によってメジャーな作り方は異なるが、大ざっぱに言えば、温めたミルクに刻んだチョコレートを溶かせばよい。強いてプロのコツを挙げれば、チョコを入れたミルクをよく混ぜて泡立てることと、チョコが溶けてから少し煮込むことだ。甘さを足すか否かはそれぞれ、お好みで。

卓上用小型コンロを取り出したとき、コンラートは「また妙なものが出てきた」とでも言いたげな顔をしたが、湊は無視する。ショコラショー作りは、ショコラの世界では基本にしてもっとも難しいレシピだ。ショコラティエというものの原点がそこにある。そもそもメソアメリカから欧州に移入されたとき、ショコラはまだ「飲むもの」で、「食べるショコラ」の登場は、ずっと後世の十九世紀半ば……いや、今はそんなことはどうでもいい。

軽く煮立ててから、ぽってり厚いショコラ用カップに注ぎ、ちらりとエレーナの顔を見てから、カップのひとつに、少し高い位置から、パラパラ……と粉状のものをひとつまみ振りかける。「それは？」と質問したのはコンラートで、湊はそれに、「スパイスです」と返答した。

「ショコラショーにスパイスを振るレシピは色々ありますが、メジャーなところではシナモン、ジンジャー、クローブ、ナツメグあたりですかね」

これは黒胡椒《こしょう》ですが、と告げたときのコンラートの驚いた顔は、見物だった。「胡椒とは、あの胡椒かっ？」と急《せ》き込んで尋ねられる。

「あの、肉の防腐に使う――？　同じ重さの黄金ほどの値がするという――？」

「そうです。ぴりっとして、甘ったるさを引き締める効果があるんですよ」

少し大人の味になるので、今回はエレーナのぶんだけだ。他にも、チリパウダーを使う方法もあるし、唐辛子を一緒に煮込むレシピもある。甘みが苦手な人にはお勧めの飲み方だ。体も温まる。

「お子さま方には、マシュマロを入れて差し上げましょうね。さあ、どうぞ。熱いですから気をつけて」

いただきまーす、と元気いっぱいの声。どうするだろう、と少し案じていたエレーナも、すんなりとカップを口元に運んだ。

「甘ぁーい！」

「おいしー！」

「しー！」

「……本当……なんとやさしい甘さ……」

エレーナの声には、まだ力がない。けれど穏やかな悦《よろこ》びにあふれている。声も、表情も。

「妾は今まで、神の木の実とは苦痛をこらえて飲み干すものと思うておりました。それをこのように、甘く美味なものに仕上げてくれようとは……」

エレーナが湊を見る。茶色の澄んだ瞳だ。

「礼を言いましょうぞ、ショコラティエどの。亡き夫君《せのきみ》への想いは想いとして、子どもたちのためにも、早う元気を取り戻さねばならぬ、早う治療を進めねばならぬと内心焦っておりましたが、これならば毎日でも飲めそうじゃ」

にっこりと笑う。こうして見ると、まるで少女のように若々しい顔だ。

「光栄でございます、エレーナさま」

湊は一礼する。その姿に向けて、三人の子どもたちの手が、いっせいにカップを突き出した。

「ショコラティエ、おかわりください！」

「おかわりください！」

「おかわー！」

かわいらしい注文に、湊はやや慌てつつ「はいはい」と応じる。

そんな湊の姿を、相変わらずリートが、ごりごりごり……とすりこぎを使いつつ、空色の瞳で凝視していた。


鬱蒼《うっそう》と茂る庭園の木々の間を、小鳥たちの鳴き声が忙しく行き交っている。その下を、国王アルトリート三世が、すりこぎでトントンと肩を叩きながら、ぶらぶらと歩いていた。

「ふう、疲れた。まさかあれほど力がいるとはな……」

湊はその後ろ姿を見ながら、思った。美男の若い国王に、すりこぎ。やっぱりどう見ても珍風景だ。

「気に入ったんですか？」

「ん？」

「それ」

湊は指さした。チョコ作りが終わっても、手放さない、すりこぎ。

「いや、そういうわけではないのだが……」

リートはそれでとんとん、と肩を叩きつつ、すいすいと歩いていってしまう。

「……」

湊は困惑して、幼なじみの男の背中を見つめた。どうしよう。彼の思惑がわからない。もしや気に入るあまり手放したくなくなったのだろうか。だが。見た目はただの木の棒でも、それは一応、希少な天然ものの山椒《さんしょう》の木を使った逸品なのだ。それにそのサイズとなると、値段もバカにならない。持っていかれては困る――。

(そろそろ返してって言おうかなぁ――でも、国王陛下にそんなこと言っていいのかな)

どうしようどうしよう、と迷いつつ、てくてくと後をついていく。するとリートは、宮殿からだいぶ遠ざかった森の中で、不意に振り向いた。

そして、いきなり湊にすりこぎを渡そうとしてくる。

「すまなかった」

「は、はい？」

「君をここまでついてこさせるために――君が逃げ帰ってしまわないように、質に取っていた。悪かったな、大事なものなのだろう？」

リートの意図は理解したものの、困惑したまま湊はすりこぎ棒を受け取った。ここまでついてこさせるため？　つまり、人のいない場所までおびき出されたのか、ぼくは？　リートは、どうしてそんなことを？

そんな湊に、リートは不意に問いかけてくる。

「コンラートに招かれたのか」

「え？」

「義母上に、ショコラを振る舞ってやってくれ、と言ったのか？　あいつは、君に」

「そ、そう……です、陛下」

「敬語はやめてくれ。尊称もだ」

「でも」

「そうあからさまに、壁を作らないでくれないか」

リートは整った眉をひそめた。

「あのときは、あまりいい別れ方をできなかったし、君がおれを避けようとする気持ちもわからなくはないが――おれたちは一応、古い……友人なのだし」

チュチュチュ、ピー、と小鳥が鳴く。そよ風に髪を撫でられた瞬間、湊は心を決めた。

今だ。今こそ、あのときのことを謝らなくちゃ……！

「あの、じゃあ、リート——リートって呼ぶけど、あのときは……」

ごめん、と頭を下げる。リートは息を吞んだように、黙っている。

「ぼく、あなたにひどいことを言ってしまった。自分だけお父さんのところに帰るのか、ぼくにはもうお父さんはいないのに、ずるい、って……大きらいだなんて、言ってしまった。あれからずっと後悔していたんだ。あなたに八つ当たりをして、あんな別れ方をしてしまったって」

「……」

「まだ幼かったあなたが、お父さんのところへ戻りたくなったからって、ぼくにそれを責める資格なんかなかったのに、ぼくは、心が狭くて、許してあげられなくて……」

「やめてくれ、ミナト」

リートは気まずげに、湊の言葉を遮った。

「謝らなくてはならないのはおれのほうだ。君が寂しい身の上だとわかっていたのに、急に気まぐれを起こして、君を振り捨てるように国に戻ってからは、贅沢《ぜいたく》ざんまいの王子さま暮らし——無責任な子どもの言動など、許せなくて当然だ」

「——っ、でも」

「やめよう。それより今現在のことを話さなくてはならない」

リートの重々しい口調に、すわ何事か、と緊張した湊に、リートがさきほどと同じことを問いかけてくる。

「君がここにいるのは、コンラートが招いたからなんだな？」

「そうだよ――それが、何かいけなかった？」

「そういうわけじゃないが」

コンラートの奴め、とリートがつぶやく。

「ミナト……君は、あいつに利用されたんだ」

「利用？」

「そうだ、おおかたその手のことを企んでいるだろうと思って釘《くぎ》を刺しておいたのだが、もっと明確に君と接触するなと禁じておくべきだった。あいつは、君が作るショコラを使って、義母上に貸しを作り、味方につけるつもりなんだ」

「エレーナさまを？」

湊は小首を傾げた。先代王の死去からまだ間がない王太后、そして三人の王子の生母、それも元は隣国の姫君となれば、たとえ今は引きこもりであっても、それなりに権威もあるだろう。廷臣のコンラートにしてみれば、ご機嫌を取り結んでおいて損はない相手だ。でも――。

「でも、コンラートさんは権力者におべっかを使って取り入るような人には見えなかったけど――」

「自分のためじゃない。おれのためだ――おれの……というより、おれやあいつのような獣人のため――だな」

「アルトリート三世の玉座を、より安泰ならしめんために――でございます、陛下」

突然、コンラートの声が割って入った。大地に雄々しく根を張る並木の一本の陰から、するりとしなやかな体が滑り出てくる。リートが眉をひそめた。

「コンラート、貴様まだそんなことを」

苦々しい声に、コンラートは凪《なぎ》のような態度で応える。

「この国のためには、陛下のような力強き年長の、ご器量豊かな王が必要なのでございます。ご若年のマクシミリアン殿下が王位に就かれた暁には、奸臣《かんしん》どもが跋扈《ばっこ》し、外国《とつくに》に付け入られることにもなりましょう」

──マクシミリアン？

ついさっきまで、口の周りにショコラ色の汚れをつけて大笑いしていた少年の顔を、湊は思い浮かべる。どういうことだ？　今、コンラートはあの子がいずれリートに代わって王の座に就くようなことを言っていた。でも、ふつう、王座というのは親から子へ移譲されるものではないのか？　あの子はリートの異母弟であって、子ではないのに。

「コンラート、もう幾度となく言っただろう。おれはあくまで仮の王だ。マクシミリアンが成人の暁には、おれは彼に王の位を譲る。それは、父──先代王クラウス六世の決めたことだ。おれは父祖の決定に逆らうつもりはない」

「さようなことをおっしゃいますな。クラウス陛下は聖神母《せいしんぼ》教の狂信者であられたのです。そのようなお方の偏ったお考えによる法など、早急に廃さねばなりませぬ」

——聖神母教？

どうやらそれは、こちらの世界の宗教らしい。狂信、とは、先代王にしてリートの父であるクラウスという人は、その熱心な……少し熱心すぎる信者だった、ということだろうか。

片眼鏡《モノクル》をきらめかせて、コンラートは一礼する。

「獣人は正式な王にはなれぬ、などとは、名君アルトリート陛下の御世にはもはや無用のものにてございましょう」

コンラートの言いように、ふっ、とリートは鼻で嗤《わら》った。

「たった一代で王位継承に関する法を廃するか。朝令暮改《ちょうれいぼかい》もよいところだな。諸国の王侯たちはさぞ我が国を軽侮するだろうよ」

「軽侮など、なにほどのものでございましょうや。わたくしにとっては我が王、アルトリート三世の御世が続くことこそが至上」

にっこりと笑いながら、コンラートは言ってのける。

「次期国王に指名されたマクシミリアン殿下のご生母エレーナさまが、『玉座は、マクシミリアン成人ののちも引き続きアルトリートに』と申してくだされば、先代以来の佞臣《ねいしん》どもを黙らせることも叶いましょう。それには……」

「義母上の病を癒やして差し上げ、ご機嫌を取る必要があるというわけだな」

振り向いたリートの目が、じっと湊を凝視する。ああ、なるほど、そういうことか……と、湊は腑《ふ》に落ちるものを感じた。

リートには、湊がエレーナの元にいるのを見た瞬間から、コンラートの思惑が読めていたのだ。だから――だからあれほどずっと、湊を凝視していたのだ……。

(なんだ……)

湊は落胆した。自分がリートにこだわっているのと同じくらい、リートもまた、湊にこだわっているのか、と期待していたのに、なんだ、そういう、こと、か――……。

(え、期待?)

何を考えているんだ、ぼくは――と混乱した瞬間、リートの声が、「もうよい」と告げた。

「もうよい、下がれコンラート。お前の思惑のために、これ以上、異世界の人であるミナトを利用はさせぬ。下がれ」

「さて」

主君の命令にも、コンラートは不敵に微笑する。

「一度ショコラの味を覚えた貴婦人が、これきり口にできぬ、ということをご承知なさいますかな」

その凄《すご》みのある表情に、湊は嫌な予感に襲われた。

＊　＊

――一度ショコラの味を覚えた貴婦人が、これきり、ということをご承知なさいますかな……。

(……するわけがなかった)

ほほほ……とさんざめく笑い声。

湊の目の前には、手に手にショコラカップを持ち、おしゃべりに夢中な貴婦人たちの群れが広がっている。

そう、広がっているのだ。群れ集う婦人たちは皆、老いも若きも、極楽鳥のように着飾り、華麗なドレスの裾を床に広げている。サテンやレースでできた花の園のようだ。そしてその貴婦人たちの輪の中には、相変わらず喪服姿ではあるものの、王太后エレーナが鎮座していた。ついひと月ほど前まで気鬱に苦しんで引きこもっていたことが、嘘のような晴れ晴れとした顔色で。

近頃、この宮殿でもっとも話題になっているのは、エレーナの回復ぶりだった。それに、あの重い気鬱を回復させたと噂《うわさ》の、遠い異国から伝来したという甘い「薬」も。

――お聞きになって？　伯爵夫人。近頃エレーナさまがたいそうなご回復ぶりとか。

――ええ、先日王宮のお庭で、お子さま方と散歩なさっている姿を拝見いたしましたわ。何でも、廷臣のコンラートが連れてきた外国の薬剤師が調合する薬がとてもよくお効きになられたそうで。

――薬？　それ、怪しげなものではございませんの？

――さあ、それはわかりませんけれども、先週からは、サロンのほうもぼつぼつと再開されておられるらしいですわよ……わたくし一度ご機嫌伺いに参ろうかと思っておりますの。伯爵夫人はどうなさいます？

——そうですわね。何といってもエレーナさまは次期国王マクシミリアンさまを含む三人の王子王女さま方のご生母。一度は御気色《みけしき》を伺っておいて損はないかも……それに。

——それに？

——その薬剤師の作った薬とやらにも興味がありますの。時々、王太后宮殿のほうから、得も言われぬよい香りがいたしましてねぇ……それを嗅ぐと、なんだか、居ても立ってもいられない気分になりますのよ。おほほ……。

貴婦人たちが扇の陰で交わす会話に、そのような形でショコラが登場する回数が増えた。元々、暇を持て余している貴婦人たちだ。エレーナの周囲に好奇心に駆られた彼女らが集まり、「ショコラをたしなむ会」のようなものができるのに、時間はかからなかった。

——妾がこうして回復し、また子どもたちと過ごせるようになったのも、コンラートが連れてきてくれたそなたのおかげ。ミナト、感謝いたしましょうぞ……。

そう告げたエレーナが、にっこりと優雅なほほえみを浮かべた瞬間、後ろに控えるコンラートもまた、会心の笑みを浮かべていた。

（あーあ……）

刻んだショコラを温めたミルクで練り溶かしながら、湊は内心で嘆息する。

自分がこの王宮に出入りするようになってから、まだひと月未満で、目の前いっぱいの貴婦人たちにショコラが知れ渡ってしまった。わかってはいたことだが、その魅力恐るべしである。

考えてみれば、はるか昔、メソアメリカから欧州に渡ったショコラも、各国宮廷の貴婦人たちに熱狂的に愛され、姫君たちの嫁入りに伴われて、瞬く間に国境を越えて広まったのだ。同じことが、こちらの世界でも起こらないはずがなかった……。

そう思った瞬間だった。バンッ、と派手な音がしてドアが開き、「ショコラティエー！」という元気いっぱいの声が響いたのは。

「ショコラティエー！」

「ティエー！」

エレーナの子どもたちだった。双子のマクシミリアンとグレーテは駆けて入室し、一番小さいエルウィンは、双子の後からやってきたリートの腕に抱かれている。

「あ……」

若い王者の、雄々しく、それでいて父性にあふれた姿に、心臓が跳ねる。

空色の瞳と、一瞬、視線が交じり合い、思わず手が止まりかける。そこは腐っても職人だから、ショコラをいじっているときによそ見で失敗などしないけれども——。

「ショコラティエ、ショコラティエ！　お勉強の時間終わったよ。今日のおやつなに？」

「なにー！」

双子が、湊の上着の裾にまつわりながら声をあげる。それを聞いて、貴婦人たちの目がいっせいにこちらを向いた。皆、物欲しげな顔だ。ここのところ、湊は毎日子どもたちのためのお菓子を作っている。サロンの婦人たちも、運よくその場に居合わせれば、その余りにありつくことができる――と知れ渡ってから、彼女たちの食欲はとどまるところを知らない。

「こらお前たち、ミナトのじゃまをするんじゃない」

リートが双子の弟妹たちを叱った。

「ショコラティエは今、大事な仕事をしているんだからな」

たくましいリートは、片腕にエルウィンを抱えたまま、湊にじゃれつく双子を摑み、引きはがす。年長の兄に襟首を摑まれたグレーテが、「あーん！」と甲高い悲鳴をあげた。

「ああ、女の子をそんな手荒に……離してあげてください、リー……陛下」

「だが――」

「おやつはご用意できていますよ、王子さま王女さま。手は洗ってこられましたか？」

「洗ってこられましたー！」

「したー！」

本当かな……と少し疑いはしたものの、リートが何も言わないので、おそらく嘘ではないだろう。

「では切り分けましょうね」と告げて、保冷剤を入れた菓子箱を取り出す。

王宮の厨房ではどうしても、オーブンや冷蔵庫などの近代的な設備が必要な菓子は作れないため、最近湊は、毎日自宅に帰り、菓子を作っては持参する、サラリーマンのような生活を送っている。通勤に使うのは馬車だ。

菓子と聞いて、貴婦人たちが、にゅっ、と首を伸ばす。

そうして注視される中、湊が箱から取り出したのは——。

「まあぁ」

感嘆の声が沸く。

クッキーでできた器の中に、ショコラを吸わせたスポンジ生地と、酸味のあるフランボワーズのジャムやガナッシュを敷き詰め、最上層をモカ色のクリームで覆ったチョコレート・タルトは、湊の得意菓子だ。コーティングのクリームだけでは表面がシンプルすぎるので、今日はその上にさらに、スミレとベリーの砂糖漬けを載せて彩りにしている。甘さと酸味のバランスのよさで、今までこれに夢中にならなかった者はいない、という魔性の菓子だ。

「さあ、分けますよ〜。お三方と、エレーナさまと、リー……陛下はどうなさいますか？」

「いただこ……いや、おれのぶんはあとで婦人方に分けて差し上げてくれ」

爛々《らんらん》と輝く目で凝視している貴婦人たちを見て、リートは身を退《ひ》いた。タルトはたっぷり大きめだが、大人数で切り分けてしまえば、ひとりあたりの分量は減る。確かに、ここで「自分のぶんはたっぷり大きく切り分けろ」などと言ったら、きつい怨念を受けそうだ。

「エレーナさま！　そのお菓子を一切れ譲ってくださったら、わたくし、領地の半分を王家に献上いたしますわ！」

少々年輩の貴婦人が、太った体を揺すりながら立ち上がった。どっ、と笑い声が起き、場が盛り上がる。

（うわ……）

湊は鼻白んだ。女性の食欲は、どこの世界でも底なしだ。

苦笑しようとして――ふと不安になる。はじめから危ぶんでいたように、元々こちらの世界にはなかったショコラが、これほど急激に広まってしまって、本当に大丈夫なのだろうか？　何か予想だにしない悪い影響を与えてしまうのではないだろうか？　もしかして、これほどあっという間に、ショコラが貴婦人たちの心を捕らえると予想しなかった自分は、途轍《とてつ》もなく愚かだったのではないだろうか？

（もしかすると、知らないうちに、もうぼくは引き返せないところまで来てしまったのかもしれない。こちらの世界に、ショコラを広めた者として……）

そんな湊の思案も知らず、エレーナは、楚々《そそ》とした仕草でほほほ…と笑った。

「確かに、ショコラティエのお菓子には千金の値がありまするが……こればかりは譲れませぬ」

元気になったとたんに、エレーナもわりと欲望には忠実なところを見せている。そして不思議と、人々は貞操堅固な未亡人よりも、そういうエレーナに好意を抱くようだ。

双子の子どもたちが菓子を食べている。まだ小さくてうまくフォークを操れないエルウィンは、リートが膝の上に乗せて食べさせてやっている。

「まあまあ、陛下……ありがとうございます」

エレーナがリートに礼を言った。それに対してリートが、「大したことではありません」と応えている。

「それより、お元気になられて本当によかった、義母上――」

リートの目が、笑いながらエレーナを見つめた。やさしく、温かいまなざし。一礼するエレーナの頬も、心なしか赤みが増している。

それを見た瞬間、湊は何か、小さな雷に打たれたような、息が止まるような気分になった。

――ああ……。

このふたりはお似合いだ。お似合いの、若い男女なのだ。

義理の母子とはいえ、エレーナとリートはそれほど年の差がない。それに、すでに男盛りの年齢のはずのリートには、まだ妃《きさき》のいる様子もない。まあ、王さまの結婚となれば、勝手に好きな相手を選ぶこともできないのだろうが、だとしても若い王者の身辺に、ベッドを共にする相手のひとりくらいは、いて不思議でないのに――。

（いや、まさか）

源氏物語《げんじものがたり》ではあるまいし、義理の母親とだなんて。

自分の憶測を一笑しようとして、湊は失敗した。だって、ありうるではないか。あれほどの美男美女が、広大な宮殿とはいえひとつ屋根の下にいて、何も起こらずにいられるものだろうか。現にリートは、エレーナの子どもたちに並々ならぬ愛情を注いでいる。まるで父親のように――。

（いいや）

湊は唇を噛みしめた。いいや、だとしても、どうだというのだ。自分には関係のないことではないか。幼なじみとはいえ、どうしてぼくがリートの醜聞《スキャンダル》に一喜一憂しなくてはならないのだ。しかもすべてはぼくの妄想じゃないか。バカバカしい……。

するとそこに、某伯爵夫人と某公爵夫人の囁き合いが飛び込んでくる。

――ねえ、やはりあのおふたり……。

――ええ、エレーナさまが気鬱の間も、陛下はまめまめしくご機嫌を伺っていらっしゃいましたしねぇ……。

「ショコラティエ……？」

どうしたの、顔が怖い。

フォークを手にした小さなグレーテに、おそるおそる上目遣いに告げられるまで、湊は茫然と立ち尽くしていた。

サロンからの最後の退場者のドレスの裾が消え、湊はふぅと安堵《あんど》の息をつく。

今日も大盛況だった。仕事上の優秀さを評価されるのは嬉しいが、わがままで貪欲な貴人たちの相手は緊張するし、疲れる。

——それに、今日は途中で変な想像をしてしまって、それが頭から離れなかったし……。

もう一度ため息をついて肩の疲れをほぐし、「そうだ、自分のためにショコラショーを一杯」と思いつく。人を元気づけるショコラティエがくたびれていては、本末転倒、医者の不養生だ。思い切りスパイスを効かせよう。

ところがそれが仕上がった頃に、コンコンと戸口をノックする者がいた。

「リート？」

だが顔を上げれば、そこにいたのは虫が好くとは言えない男だった。コンラートだ。露骨に嫌な顔をしてしまったのだろう。怜悧《れいり》な片眼鏡の廷臣は、「陛下でなくて悪かったな」と皮肉を言いつつ、ツカツカと入室してくる。

「……何かご用ですか」

「ショコラティエに会いにくる理由がショコラ以外にあるとでも？　一杯もらえないか」

「どうぞ」

内心、珍しいな、と思いつつ、湊は自分のために作った一杯をコンラートに差し出した。自らスカウトして宮殿に連れてきたくせに、この男は湊の作るショコラに、今まであまり関心を示さなかったのに。

「少し、疲れてな」

そうつぶやいたコンラートは、さきほどまで貴婦人のひとりが腰かけていた椅子に座り込むや、テーブルに肘を突いて瞼を揉み始めた。長いため息。片眼鏡の鎖がぶらぶらと踊っている。少し、ではなく、たいそうお疲れのようだ。もっと甘く作ってやればよかった、と内心思っていると、コンラートはショコラショーを一口すすって、ほぅ、とため息をついた。

「リー……陛下と喧嘩でもなさったんですか」

「あの方に疎まれているのは以前からだ。そんなことが今さら堪《こた》えるものか」

「……」

堪えているなぁ、と湊は思った。どうやら玉座に執着はなく、時が来れば、父クラウス六世が決めた「獣人は正式な王にはなれぬ」という掟《おきて》に大人しく従うつもりであるらしいリートと、リートの器量に心酔し、ずっと王でいて欲しいと、裏で様々な手を打っているコンラートは、いわば片思いの惚れられた側と惚れた側という関係らしい。懸命に献身しても、相手《リート》はなかなか報いてくれないのだ。つらいだろう、と、湊はつい同情を覚えた。自分もついさきほど、エレーナに親密な目を向けるリートを見て、傷ついた気分になったから――。

「それにしても、どうして先代の王さまはまた、獣人をそんなに嫌ったのですか？　自分の息子に、ふたりも獣人がいるのに」

少し話を聞いて吐き出させてやろう、と湊は思い、コンラートの正面に座る。「それはな」とあっさりコンラートは乗ってきた。よほど溜まっていたようだ。

「先代王は、聖神母教の熱心な信者であられたからだ」

「セイシンボキョウって何ですか」

以前にも会話に出てきたが、それが何かを尋ねる機会がこれまでなかった。コンラートは、もったいつけることもなくあっさりと答えた。

「簡単に言えば、この世界を生み出した母なる神を崇める宗教だ。創始以来の歴史はすでに千年を数えるらしいが、特に戦乱が収束して以来のここ数十年の間に、恐ろしいばかりの勢いで信者を増やしている。母なる神の御前では、人の間に一切の差はない、と説く。信条《モットー》は、質素・友愛・平等」

「……フランス革命みたいですね」

コンラートは小首を傾げ、「ふらんす？」と問うてきた。わかるわけがない。

「いやこっちの話です。すみません、ぼくには素晴らしい教えのように聞こえるんですが」

「まあ教えそのものはな。だが愚劣……いや、あまり賢明でない頭の人間どもは、やがてその教えを曲解するようになった」

「曲解？」

「つまり、ふつうの人間よりも優れた能力を精霊から与えられた獣人は、『人はみな平等』という聖神母の教えに背く、呪われた存在、というわけだ。この世の中の人間の九割九分九厘は、ふつうの人間。すなわち、世の中は本来、ふつうの人間のものであり、たまたま精霊の気まぐれに恵まれただけの獣人が、特権を独占するのは間違っている、という考えであるらしい」

「……」

そういえば祖父もそんなことを言っていたかな、と湊はぼんやりと思い出す。世の中が進歩するにつれ、ふつうの人間のふつうの能力だけで世の中を動かしていけるようになり、獣人はだんだん必要とされなくなっていった、と。祖父の話に聖神母教というものは登場しなかったが、おそらくそれは、祖父がこちらの世界に亡命してきたのが、聖神母教の勢力拡大より前だったからだろう。獣人たちの肩身が狭くなった、という土壌が先にあったからこそ、聖神母教の、コンラートが言う「曲解」された教義が根付いたに違いない。

「人はみな平等、という教えはまあ、貴殿の言うとおり素晴らしいかもしれん。だが集団化して勢力を得た人間というのは愚かなものでな。聖神母教が支配階級にまで浸透し、公権力を得るにつれて、人々は平等を求めるということと、優れたものへの嫉妬心や劣等感から、獣人を排斥する、ということとの区別がつかなくなってきたのだよ。そして、そういう偏狭な思想に没入する輩は、自分がただ単に相手に嫉妬しているだけだ、ということが自覚できぬものだ」

「――リートは父親に嫉妬されていたのですか？」

「おそらくそうだと思う」

コンラートはうなずいた。

「先代王のお気に入りであった宰相のバウマンさまは、聖神母教の枢機卿《すうききょう》であられる。そのお勧めがあったという説もあるが、力量優れた嫡長子を無視し、ごくふつうのお子である次子のマクシミリアンさまをあてつけるように猫かわいがりされていた理由は、やはり嫉妬以外に考えられぬ」

「……なるほど」

そうだとしたら、リートはつらかっただろうな、と湊は思った。彼が獣人であることには、彼自身の責任はまったくない。それなのに父親に疎まれ、寵愛《ちょうあい》を弟に独占されたのでは、たまったものではなかっただろう。だが、それにもかかわらず、今の彼は、きちんとした人間になり、弟妹や義理の母を大切にしている。えらいなぁ、と湊は素直に思った。なかなかできることではない。

するすると上品な仕草で、コンラートはショコラショーを飲み干した。そして言った。

「このわたしも獣人だ。その連帯感を利用してアルトリート陛下に取り入り、このご時世に獣人でありながら出世をした——と、後ろ指さされることも多い。好き好んで獣人になったわけではないし、獣人としての能力など、もう一〇年近く使っておらぬというのにな……」

コンラートの口からグチが出た。湊は改めて、ショコラの持つ「心をほぐす力」に感嘆した。これでいいのだ。人間は溜め込んだものをいつまでも抱えていてはつぶれてしまう。元気を出すのは、すべてを吐き出してからだ。

「コンラートさん、もう一杯いかがですか」

湊がほほえみかけたときだった。いつかのように、庭園に面したガラス扉がかたんと鳴ったのは。

振り向くと、一瞬、銀色の髪が踊った。前栽《せんざい》の茂みの中から慌てて立ち去るたくましい長身。あれは——。

「リート？」

「陛下？」

湊とコンラートの視線の先から、まるで逃れるように、リートの姿が去っていく――。

「……どうしたんだろう、ショコラが飲みたくなったんじゃなかったのかな」

首を傾げる湊を、コンラートが妙に白い目で見つめてきた。


壮麗な宮殿も、夜半の時刻には、しん、と静まりかえっている。ただ廊下を歩くだけの音が、広い空間いっぱいに響き渡るかのようだ。

お供してくれた衛兵が、部屋のドアを、コツコツ、とノックする。すると中から「入れ」と反応があった。

「遅くに失礼いたします。陛下」

手提げの菓子箱を手に入室してきた湊を見て、リートは机の向こうに腰かけてペンを手にしたまま、意外そうに目を瞠った。くつろいだ衣服だが、まだ寝衣《しんい》には着替えていない。宮殿の規模に比べればさほど広くない部屋の、わりあいに質素な雰囲気からして、ここは彼の、ごく私的な書斎であるらしい。

「ミナト？　どうした、夕方自宅に戻ったのではなかったのか？」

「一度戻って、また帰ってきました。あちらの厨房でなければ、どうしても作れなかったので――」

湊はリートの机に化粧箱を置いた。机の上には書類が散乱している。こんな時間だというのに、まだ政務の残りを見ていたらしい。

「作りたてを持参いたしました。一服なさいませんか」

開いた箱の中には、エクレアがいくつか鎮座している。ぱりぱりに焼き上げた褐色の皮に、バニラビーンズ入りカスタードクリームと、溶かしショコラを混ぜ込んだ生クリームをこぼれんばかりに重ねた逸品である。皮の上のショコラコーティングに散らした刻みピスタチオの緑が、褐色に映えて鮮やかだ。

「やぁ、これは美味そうだ――だが、夜中にこんなものを独り占めで食べたことが知れたら、義母上や貴婦人方に恨まれそうだな」

「ふふ」

昼間のサロンに集う女性たちの顔つきを思い浮かべながら、湊はリートと同時に苦笑する。

「ねぇリート。エクレアは『稲妻』って意味なんだよ」

案内の衛兵が去ったのをきっかけに、口調を友人のそれに戻しながらリートに告げた。菓子の世界は、こういううんちくも楽しさのひとつだ。

「稲妻が走るほどの早さで食べないといけないから、なんだって」

「なぜだ？」

「皮がパリッとしているうちに食べたほうがおいしいっていう説もあるけど——まあ、食べてみればわかるんじゃないかな」

湊が勧めると、リートは素直にひとつを手に取った。さっそく、片側からクリームがこぼれ落ちかけ、若い国王を慌てさせる。指を汚しながら、文字通りの電光石火で食べ終えて、ふう、とひと息。

「なるほど、これは、稲妻のごとく素早く平らげないと、衣服を汚してしまうな」

「そう、だからドレスを召した貴婦人には食べさせられない」

その昔は、マナーの教本に「婦人はエクレアを食べてはならない」と大まじめに書いてあったという。行儀悪くクリームをすするように食べるさまは、確かに優雅な貴婦人にはふさわしくないだろう。

「粗野で不作法な男の特権というわけだな、ふふふ」

リートは愉快そうに笑った。小腹もすいていたのだろう。ふたつ目に手を伸ばす様子を見て、湊は小型の魔法瓶の蓋を開いた。薫り高く湯気を上げるのは、カフェインレスのコーヒー。ショコラには欠かせないお供だ。

「ふう、おいしかった——わざわざ作ってきてくれたんだな、ありがとうミナト」

「ふふ、考えてみれば、貴婦人たちにばかりご奉仕して、あなたにはずっとお振る舞いできていなかったからね」

「だが昼間のサロンの切り盛りで、君も疲れているだろう。おれなどに気を遣うことなかったのに」

「だってあなたったら、昼間サロンが終わったあと、こっそり来てくれたのに、結局ショコラショーの一杯も飲まないで帰っちゃったでしょう?」

「っ!」

リートがコーヒーをこぼしかける。書類の上に褐色の滴が跳ね、若い国王を慌てさせた。

「……見られていたのか」

「いやむしろ、あれで見られていないつもりだったの?」

湊はつい、くすくす笑ってしまった。この堂々たる若い王者に、こんな抜けた一面があるなんて。

「どうしたのさ、あんなにこそこそするなんて、あなたらしくもない」

笑われて、リートはむっとしたように黙った。水平振り子のついた時計が、コッツコッツと時を刻んでいる。

「……君が」

「うん?」

「君が、コンラートと仲良くしていたから……」

しーん……と静寂が降りる。

――えっ、何それ、どういう意味?

湊は内心で混乱し、やたらにまばたきを繰り返した。ぼくは別にコンラートさんと仲良くなんかなっていない。というか、仲良くしていたからって、何でリートがそれを見て逃げるんだ?

そんなのって、まるで……。

「そ、そういえばリートってさ」

何となく、この話題を先に進めてはならない、という本能のようなものが働き、湊は背中に冷や汗が流れるのを感じながら、無理に話題を変えた。

「結婚は、しないの？」

「……なぜそんなことをミナトが気にする？」

リートの顔に少し怒りが走った気がして、湊はぎくりとする。

「え、いや、だって、その……リートはもう、堂々たる王さまだし……」

王さまにはふつう、お妃さまがいるものだろう？　と無邪気に告げる湊の顔を見て、リートは苦笑気味に首を振った。

「おれが仮の王だということは、ミナトも知っているだろう？」

「それは――」

それは聞いたけれど、でも、と湊は思う。精霊の森からこの王宮に至るまでの道々に見た町並みは、どこもきれいに整備され清潔で、行き交う人々も表情は明るく、生活苦にやつれた様子はなかった。よい政治が行われている証拠だ。正しく国を治め、臣下にも慕われているリートは、どこからどう見ても「よい王さま」で、若いうちに王位を譲ってしまうのは、やはりもったいない。コンラートが、あれほど懸命にその取り決めを撤回させようとしているのも、リートの王としての器量があるからだろうに――。

そう告げようとして、湊はリートに先回りされた。

「コンラートがどういう思惑でいようと、おれは玉座に居座るつもりはない。マクシミリアンが十五になれば、大人しく退位して隠居するつもりだ」

だからおれに、妃は必要ないんだ、とリートは言う。

「お父さんが、そう決めたから？」

湊がおそるおそる尋ねると、リートは湊をにらんだ。コンラートからよけいなことを聞かされたな、という顔だ。

「確かに獣人を社会から排斥するのは愚かしいことだが、悪法でも法は法。その時々の国王の都合で安易に作ったり廃したりすべきではない。そんなことが許されたら、国が乱れる。王の勅令というのは、一度出されれば決して覆せない、重々しいものであるべきだ」

「いや、でも、だって、それじゃあなたが……」

「もし、おれが妃を迎えて子をなせば、どうなると思う？」

湊に向けて、リートは丁寧に説くように話しかけてくる。

「そうなれば、たとえおれが大人しく玉座を退いても、その子や、妃や、妃の後ろ盾の勢力は王位を望むかもしれん。そうなれば最悪、マクシミリアンの血統とおれの血統との間で争いが起き、この国はまた、ミナトのおじいさんが子どもだった頃のような乱世に逆戻りだ。おれはそんな事態だけは避けたいんだ」

「……リート」

　湊は視線を伏せた。リートの王としての覚悟に、胸を打たれる。

　今の彼は、この国とその民たちのために生きている。そして生涯、それを貫くつもりなのだ。けれど、それでは。

「あなたの、ひとりの人間としての幸せはどうなるの」

　ずっとひとりぼっちなのか、あなたは。伴侶も得られず、子も得られず、権力からも退いて、ひとり孤独に生きていくのか。ひとり孤独に——老いて、死んでいくのか。

（それでいいはずがない）

　湊は首を振った。この心やさしい男には、もっと温かく幸せな、恵まれた人生こそがふさわしいはずだ。そう、例えるなら、甘くて温かいショコラのような人生が。

「ミナト、おれは仮とはいえ王なんだ」

　リートはそんな湊に、苦く笑って見せた。

「王とは、人々の幸福のために奉仕し続ける生《い》け贄《にえ》のようなものだ。自分だけの幸せを求める権利はないのさ」

「嘘だ」

　湊は胸の前で震える拳を固め、言い切った。リート、あなたは……。

「自分は幸せになれないんだって、思い込んでるだけじゃないの？」

「――え？」

「好きな人を、諦めようとしているから」

次の瞬間、ふたりの頭上に降りてきたのは、耳に痛いほどの静けさだ。聞こえるのは、時計の音だけ。

「なぜ……」

空色の瞳が瞠られる。

「なぜ、そう思う？」

リートが否定しなかったことは、湊の胸の内を少なからず傷つけた。そうか、やっぱりあなたは、許されない恋をしているのか――……。

「リート……」

湊は、旧い友人の頬に手を伸べた。あなたには誰よりも幸せになって欲しい。だって、昔ぼくは、あなたを思い切り否定してしまったから。あなたの、お父さんの元で幸せに暮らしたいという気持ちを。

（だからできうる限り、あのときの償いをしたいんだ――）

「諦めなくていい。諦めなくていいんだよリート。あなたは幸せになるべきだ。エレーナさまだって、本心ではあなたとの未来を望んでいるはずだ」

「……何？」

エレーナの名に、リートの顔色が変わる。ああ、図星だったんだな──と湊は考えた。

「お互いの立場的に、堂々と結ばれるのが難しいことはわかるよ。でも、一生ひっそり愛し合うとか、それこそ退位ののちにふたりで王宮を出て、どこか田舎で静かに暮らすとか──そうだ、ふたりして異世界に行くというのはどう？　よければ住居として、あのビルを提供するよ。さいわい、今、どの階にも店子はいないし──」

「ミナト」

リートは怖い顔をして遮った。

「まさか、おれが義母上と男女の仲だと思っているのか……？」

「リート？」

「おれが想っているのは、義母上だと……？」

しまった。

リートの空色の瞳を見ながら、湊は血の気が引いた。またやってしまった。激励するつもりだったのに、また無神経にリートを傷つけてしまった。エレーナとのことは、彼にとって他人に触れられたくない大切な秘密だったのだろうに。

「ご、ごめんリート、ぼく……！」

がたん、と後ろに蹴られた椅子の脚が鳴る。リートに掴まれた手首が痛い。

「リ……」

殴られる、と思った。それくらい、リートの顔にみなぎる怒気は鋭かった。とっさに、「お願い、手だけは！」と懇願したのは、職人としての本能だ。手を少しでも傷つけられたら、仕事ができなくなる……！

だが次の瞬間リートがしたのは、殴るでも蹴るでもなかった。

湊の手首を、ぐい、と引き寄せ――。

「う――」

机越しにキス。前に引かれて体勢が崩れていた湊は、空《くう》を泳ぐような格好で、ろくに抵抗もできなかった。べろり、と厚い舌に唇を舐め上げられ、ぽかんと開いてしまった口の中を、水音を立てて蹂《じゅう》躙《りん》される。

だがそうまでされてもなお、湊は自分が無体を働かれているという自覚がなかった。まさか、そんな――この男が、ぼくに……。

「リート、あなた、何を……」

「何を驚く？」

リートは皮相に嗤った。

「諦めなくていい、と言ったのは君だろう、ミナト」

「――え？」

きょとんと立ちすくむ湊に向かって、獅子《しし》の男の唇が告げる。

「君を愛している」

「は……はい？」

「おれが心から求める相手は君だ、ミナト——義母上ではなく」

——え。

心臓が止まりかけるような感覚だった。今、リートは何と言った？

「あまりに昔のことだ。忘れてしまったのは無理もないが……」

力強い腕に、ぎゅっ、と抱きしめられて、踵《かかと》が宙に浮いた。動けない。

「言っただろう——君が好きだと。あの異世界の部屋で、こうして君を抱きしめながら」

責めるような口調で言われて、湊はぐらぐらめまいがした。

（言っただろうって——言っただろうって、い、いつの話っ？）

超高速で記憶を検索する。あの異世界、と言うからには、子どもの頃のことだろう。でも、いつだ。

いったいいつ、そんなことがあった？　というか——そもそも、あの頃なんて。

「ぼ、ぼくは九歳だった！」

「ああ、おれもそうだった」

「九歳なんて、まだハタチの半分にもなってない！」

子どもだ、小僧だ、ガキンチョの頃だ、と言い募っても、リートは小揺るぎもしない。

「おれは真剣だった」

子どもの戯れのつもりはなかった——と告げられる。でも、だって、と湊は溺《おぼ》れる人のように息を継いだ。

「そうだとしても——あ、あのときからもう二〇年も経《た》ってるんだよっ？」

「そうだな——人ひとり生まれて、立派に成人するほどの時間が経ったな」

湊の肩口に額を埋めながら、リートは自嘲した。

「我ながら狂気だとは思うさ。だが、二〇年が過ぎようと、子どもから大人に成長しようと、この想いが不滅だったのは揺るぎない事実だ。そして、そんなおれの前に、君はまた現れて、おれたちは再会してしまった……もう、どうしようもない」

——どうしようもないって、何。

湊は混乱が深まるばかりの頭で懸命に考えた。何がどうしようもないというのだろう。二〇年という歳月でも、リートの心の中で、湊への執念が消えなかったことが？　それとも、再会したぼくたちふたりの間で、また何かが、始まろうとしていることが……？

（また、何かが——？）

ふと、湊は脳裏に釣り針のようなものがひっかかった気がした。また何かが始まろうとしている。

一度終わったものが。一度——無惨に、終わったものが。

あの蒸し暑い夏の夜、リートが終わらせたものが……！

「リート！」

湊は身をよじった。力負けをして、ではなく、逃れようとする仕草の真剣さに、リートの腕が緩む。

「じゃあ、どうして——あのとき、ぼくを置いていったんだよ！」

「……っ」

「そんなに——そんなに、大人になっても忘れられないほどぼくを好きだったのなら、どうして、あのとき、ぼくを……！」

約束を破って、ぼくを捨てていった！

そう叫ぼうとして、湊はハッと息を呑む。

（あ……あ、あ……）

絶望感が、心の中を黒く塗り込めていく。なんてことだろう。またた。また、やってしまった。また、あのときと同じ罵倒を、ぼくは……！

「……そう、だったたな」

リートが、緩めていた腕を、完全に湊の体から離す。

「おれは一度——取り返しがつかないほど、君を傷つけたんだったな」

「リート、リート違うんだ、今のは……！」

「——すまなかった」

リートは湊から目を背けながら言った。苦い表情が、灯火に照らされて映える。

「今さら言い訳はしない」

その表情と仕草に、湊は、あっ……と、胸を突かれた。こんな顔をするリートを、以前にも見た覚えがある。

（そうだ、あのときだ。あの、三王子たちがビルにやってきて、彼らを追って長兄のリートが現れたあの夜――）

二〇年ぶりに出会ったリートの態度はぎこちなく、よそよそしくて、湊はあやっぱりという落胆と、罪悪感に苦しんだ。リートが二〇年前の湊の罵倒を、まだ覚えていて、恨んでいるのだろうと思ったからだ。

だが、違ったのだ。リートは、この心やさしい男は、湊を恨むどころか、逆に、かつて父を亡くしたばかりの湊をひとりぼっちにし、傷つけたことに負い目を感じていたのだ。だからあのとき、あんな風に、湊の顔をまともに見られない、というようなよそよそしい態度を取っていたのだ。

（ぼくはあなたを誤解していた――）

湊は、自分がまだこの若い王者の心のやさしさを、完全に理解しきれていなかったことを思い知った。八つ当たりをした湊を責めも恨みもせずに、親のいない心細さの中に放り出してきてしまったと、ずっと気に病んでいたのだ。

知っていた。あなたがそういう男だということは、もうすでに知っていた、つもりだった、けれど――。

（なんて男なんだろう、あなたは、あなたは……リート、アルトリート）

アルトリート。

その名の響きに、湊は心が震えた。今まで経験したことのない、甘美で繊細な震えだった。風のない夜に、露に濡れたバラの花のような。

「リート」

ぼくは……と、唇を開きかけたときだった。

「もう二度と言わない」

リートが、湊のほうを見ようとしないまま告げる。

「悪かった……さっき言ったことは、忘れてくれ」

あの再会の夜を思わせる、気まずげな態度だ。

「誤解されているのに耐えられなくて、衝動的に告白してしまっただけだ——君が気に病む必要はない」

「……っ、リート……」

「君は今や、この宮廷になくてはならない人だ、ショコラティエ」

これ以上切ない人間の顔があるだろうか、という表情のまま、リートが机の上をばさばさと片づけ始める。

「二度と君を困らせるようなことはしないと誓う。だから……これからも、ここで、義母上や弟妹たちに、おいしいショコラを振る舞ってやってくれ」

「……」

湊は、自分に愛を告げた男に、かけるべき言葉を失った。湊自身の心が揺れて定まらない今、何を言っても、その場しのぎの誠意のない言葉にしかならない気がしたからだ。

湊はリートの机の前から身を引いた。王者と臣下にふさわしい距離を取り、そこで、ぺこりと一礼する。

「……失礼、いたします、陛下」

心にもない挨拶《あいさつ》をして、湊はリートの書斎を後にした。

扉を閉ざし、夜半の王宮の廊下で、茫然と突っ立つ。

――思い出した。

そうだ思い出した。たった今、思い出した。

あのときだ。湊が祖父に連れられ、初めてこちらの世界へやってきて、そのショックで熱を出したあの夜。看病してくれたリートが、添い寝するように抱きしめてくれて、それから――。

『ミナト……だいすき』

あのときは寝言だと思った。そして子どもの、他愛のない好意からの言葉だと思った。それでもリートに、心から好かれていることは嬉しくて、胸がときめいたことを憶えている。

それが、まさか。

二〇年の歳月すらも乗り越えるほどの、真摯《しんし》な愛の始まりだったただなんて……。

ぎゅっ、と心臓を摑まれたように、激しく胸が痛む。あの夏の夜に覚えた感覚とは、比べものにならないほどの強い痛みだ。

自分が泣いていることを、湊は、迎えにきた衛兵のぎょっとした表情を見るまで、自覚することができなかった。


――まだ小さな子ライオンだった頃のリートは、全身が柔らかで毛あしも短く、もふもふというよりは、もちもちと形容したくなる感触だった。祖父の元で居候していた湊は、毎朝、その感触を体のどこかに感じながら目覚めたものだ。

柔毛《にこげ》の手触り。丸い耳。足裏の肉球。濡れた鼻先――。

(……懐かしいな)

すぴょー、すぴょー、と寝息の音。湊はたまらない気持ちになり、その柔らかいボディに鼻先を埋めようと、ごろりと寝返りを打った。

すると、思いがけず――。

もふっ、と長い毛足のただ中に、顔を突っ込んでしまう。

見れば、豪奢《ごうしゃ》な寝台の半分を占めて、真っ白い成獣のライオンが寝そべっていた。白銀のたてがみが褥《しとね》に流れ落ち、朝日を浴びてまぶしいほどだ。

──なんてきれいなんだろう……。

湊は素直に感動し、見とれた。

幼い頃のリートは、ぬいぐるみめいてひたすらかわいかった。だが成獣になった今は、まるで神の使いのように……いや、神そのもののように美しい。鼻筋から四肢の先端まで、最上級の雪花石膏《アラバスター》をベルニーニが刻んだかのようだ。

（触りたい……触っても、いい、かな）

豊かなたてがみの誘惑に抗しきれなかった。もしかすると、こちらの世界では獣人の体に同意なく触れるのは禁忌かもしれないし、それが王ともなれば無礼のかどで即打ち首獄門（そんな刑罰があるのかどうか知らないが）かもしれない。でも、どうしてもこのもふもふの感触を味わってみたかったのだ。

（ちょっとだけ……ちょっと、だけ……）

湊は手を伸ばした。ライオン姿のリートは、依然として深い眠りの中にいる。ごめんよ、本当に少しだけだから──と、指先を純白の毛並みに触れさせる。

──という夢を見た。

あれぇ？　と首をひねったとき、湊の右手はまっすぐ宙に伸びていた。夢うつつにリートに向かって伸ばした手が、虚しく空を掻いている。

「……夢」

身勝手な夢を見たな、と自嘲しつつ起き上がり、頭を振ると、何とそこはエレーナ王太后のサロンに置かれているソファの上だった。ぼく、何でこんなところで——という疑問は、すぐに昨夜の記憶を呼び覚ます。

——おれが心から求める相手は……。

ああ、そうだった——昨夜は、あまりのショックと、すでに夜半だったこともあって、精霊の森の出入り口へ馬車を走らせてもらうこともできず、とりあえず勝手知ったるこの部屋に逃げ込んだのだった。ただでさえ着慣れない宮廷礼装のまま、しかもソファなどで寝入ってしまったので、体のあちこちが攣《つ》るように痛い。

「リート……」

額を押さえて、混乱する頭を鎮める。

リートに告白された。正確に言えば、再告白だ。二〇年。二〇年も、リートはこの自分を想い続けてきたと。

信じられないが、昨夜あったことはすべて現実だ。現実——らしい。手首を摑まれたときの痛みも、キスをされた感触も、まだしっかりと記憶に残っている。

そして、自分がリートの告白に、どう応えたのかも——。

——じゃあ、どうしてあのとき、ぼくを置いていったんだよ……！

「最悪……」

頭を抱えて、うめく。バカだ、最悪だ。二〇年間、後悔し続けた過ちを、ここにきてまた繰り返してしまうなんて。

あの別れの日から再三再四、心に刻んできたつもりだった。リートは何も悪くないと。あのときのことは、家出していた子どもが、家出先で出会った友人に「ずっと一緒だよ」と約束しながら、ある夜やはりふと親元に戻りたくなった。ただそれだけのことだ。よくある、子どもの嘘と裏切り。いや、気まぐれだ。そんな罪のないことを、どうして自分はしつこく恨み、責めてしまうのだろう。確かにあのとき、湊は自分が捨てられることに傷ついたが、その傷を二〇年も後生大事に抱え続け、しかもそれで彼をなじるのは、あまりに幼稚で卑劣だ。いい大人になっても、リートを許してやれないなんて——。

「なんでこうなんだろう、ぼくって——」

がっくり落ち込んだ。自己嫌悪が重石《おもし》のようにのしかかってくる。子どもっぽくてわがままで、何をさせても中途半端で——こんなぼくを好きだなんて、リートはどうかしている。彼は何か、ひどい勘違いをしているのではないか——。

「リート……」

自覚しないまま、唇に触れていた。リートがここに口づけた。リートがここを吸った。彼の心情はともかく、起こったことは勘違いじゃない。現実だ。舐めて、舌を入れてきて、絡めつかせてきた。求愛と誘惑と、何より——。

略奪のキス。

脳裏にぶわりと、現在のリートの、男らしく頑健な輪郭が浮かび上がる。そうだ、彼はもう、あのかわいらしい少年ではないのだ。大きな猫のような丸っこい子ライオンではないのだ。ぼくより背が高く、肩幅も広くて、堂々たる大人の男だ。そんなリートがぼくを奪い取りにきたのだ。手首を握りしめ、強く引き寄せて、もう離さないとばかり抱きしめてきた。

——もしあのとき拒まなければ、ぼくはあのあと、リートと……？

「う……うわぁぁぁぁ！」

湊は慌てて、ソファから降りた。実際には「転げ落ちる」に近いありさまで、床に敷かれた厚い絨《じゅう》毯《たん》がなければ、派手な音がしたに違いない。それでも膝を打ち付けて、かなり痛い思いをした。

その痛みすらも、リートと自分が裸体で絡み合う想像図を、打ち消してくれない。

たぶん、あのままコトが進んでいたら、自分はリートと抱き合って……いや、抱かれていたに違いない。裸に剝かれ、脚を広げられて、彼の性器を入れられて、ぐちゃぐちゃに——。

湊は「ひいっ」と悲鳴をあげた。もうセックスの妄想ごときで動揺するような年齢ではないのだが、リートだけは別だ。だって彼のことは、小さな少年だった頃から知っている。そんな彼と——と考えるだけで、罪悪感に震えがくる。

リートと、あのリートと……！

「うわ、うわ、わーっ！」

湊はガラス扉から庭園に飛び出した。狂ったように喚きながら、めちゃくちゃに走る。

サロンの外は、低木が何本も互いに押し迫るように茂る見通しの悪い前庭になっていて、湊はその枝葉をかき分けるようにして走った。頬や手の甲を幾度も梢《こずえ》や葉先がかすめ、小さなすり傷ができる感触があったが、構っている余裕もない。今にも崩れてしまいそうな膝を叱咤《しった》しつつ、力の限り、走る走る走る――。

すると突然、茂みが開けた。土が剝き出しになったグラウンドのような地面に、湊はつんのめって転がる。「おわっ」と声をあげたのは、そんな湊に驚いた誰かだ。

「な、何だ、何だ、何者だっ?」

若さは失われているが、張りのある太い声だ。それにふさわしい貫禄《かんろく》のある体格が、豪奢《ごうしゃ》な刺繡《ししゅう》をほどこした長衣を隙なく着込んでいる。

初対面だが、相当に身分のある人だろう。「あっ、すいません」と慌てて謝ると、長衣の男性は肉付きのいい顔を不愉快そうに歪めた。謝り方が非礼すぎたか、と湊は思ったが、長衣の男の不快感の理由は、それではなかった。

「ふん、そなた最近、王太后陛下に取り入っておると聞く菓子職人か」

厚い鼻が傲慢な吐息を漏らす。

「こんなどこの馬の骨とも知れぬ若造が、大手を振って王宮に出入りするとは、世も末じゃのう」

「……っ」

あからさまに嫌味をぶつけられて、湊は立ちすくんだ。この王宮に上がって早々、エレーナに気に入られ、その庇護《ひご》を得たために、本来受けるはずだった余所《よそ》者に対する警戒や嫌悪感をぶつけられることなくここまできた。それがいかに幸運だったか、今になって実感してしまったのだ。

「……どうも……申し訳ありません……」

適した返答かどうか自信がないままに、頭を下げる。その頭上に、また「ふん」と侮蔑の鼻息が降ったとき、横合いから聞き慣れた声がした。

「どうかなさいましたか、宰相閣下」

「コンラート」

ちっ、という顔を、「閣下」と呼ばれた男は見せた。宰相、という単語は、確か以前、コンラートとの会話の中に登場したことがある。そうだ、確か聖神母教の枢機卿だとかで、名は——。

「バウマンさま」

コンラートが呼びかける。

「そのショコラティエは、わたくしが推薦いたした者にございます。何かご不満がおありならば、どうかこのわたくしに」

「ふん、ショコラティエか」

バウマンは、傲然と顎を突き出した。

「異国の怪しげな薬を菓子と称して供し、貴婦人方を惑わせておるとか聞いたぞ」

「その『怪しげな薬』のおかげで王太后陛下は回復なさいました」

「聖神母教会がいまだ認めぬものをみだりに広めるのは感心せぬな」

「まこと薬効のある薬でございますれば」

コンラートは慇懃《いんぎん》に告げた。

「遅かれ早かれ、いずれ教皇猊下《げいか》もお認めになろうかと存じます。なれば少々、広まるのが早くなったとて、問題はございますまい」

片眼鏡の青年官僚のぬけぬけとした物言いに、バウマンは元々赤らんでいる顔をさらに赤くした。

「けだもの奴《め》が！」

ほとばしるような罵倒だ。だがそれにびくりと反応したのは湊のほうで、当のコンラートは微動だにしない。

「王が獣人であるのをよいことに、専横しおって――！　いずれ神罰が下ろうぞ！」

絢爛《けんらん》豪華な長衣をひるがえし、王よりも派手な沓《くつ》で地面の砂利を踏みしめて、バウマンは去っていった。どちらかと言えば肥満体に近い体格なのに、意外なほどに素早い身ごなしだ。

「――災難だったな」

コンラートが、湊に声をかけてくる。

「前にも言ったが、宰相閣下は聖神母教の聖職者だ。わたしや陛下のような獣人が国を統治しているのが気にくわない上に、アルトリート三世が思いの外《ほか》の名君で、宰相として実権を握れずにいるのもご不満でな」

「怪しげな薬、って言われました」

湊が口を尖らせると、コンラートは珍しく苦笑した。

「聖神母教は母なる神の御教えに沿わぬものは、徹底的に排斥するのが習いだ。異国から来た新奇な飲食物など、人を堕落させる悪魔の下しし物にしか見えぬだろう。まあ、それもこれも、中央教会で教皇が『これは良し』と決定すれば、それで済むのだがな」

面倒な話だな、と思いつつ、湊は思い出した。メソアメリカから欧州に渡ったショコラも、当初はキリスト教の厳しい規範になかなか受け入れられず、体にいいの悪いのとあれこれ詮索されたあげく、「これは食べ物であるから断食期間に摂取してはならない」「いや飲み物だから構わない」という、今からすれば噴飯《ふんぱん》ものの議論が、なんと一〇〇年もの間続けられたという史実を。

「――ところで、ショコラティエどの」

コンラートが表情を改める。

「陛下のお顔色が、今朝はたいそう優れなくてな」

びくっ、と震えてしまった湊を見て、コンラートがやっぱりな、という顔をする。

やっぱりな、原因はこいつか――。

「昨夜は陛下のお部屋に行かれたようだが、何をして過ごされたのかな？」

湊は凍りつき、くるりと背を向けて逃げ出そうとした。その襟首を、コンラートががっしりと摑む。

「まあそうつれなくなさるな、ショコラティエどの。貴殿と陛下との話、じっくりゆっくり聞かせていただこうではないか」

片眼鏡の奥で、剣呑《けんのん》な目がにっこりと笑っていた。

＊　＊

「わーっ」

湊が運んできたものを見て、子どもたちが、いっせいに歓声をあげる。

どうやらこの菓子も成功だ。湊は三人ぶんのおやつを載せた盆を持ちながら、満足の笑みを浮かべた。季節の果物の蜜煮とショコラ味のヴェリーヌ。ヴェリーヌとは、コップ型のガラス器を用いて盛りつけたスィーツで、ムースやクリームなどが、地層のように何段にも重なっているのが特徴だ。その最上層には、薄いショコラの花びらが、八重の花を咲かせている。

「ショコラティエ、これ、きれい！」

「きれい、きれい！」

「きれー！」

「はは、気に入っていただけて光栄です」

思惑どおりの子どもたちの反応に、気分があがる。ニューヨーク時代の師匠は、あまり手を加えない正統派の地味なトリュフなどを好んだが、湊はこういう人を驚かせる派手なギミックめいたものが好き――大好きなのだと、最近気づいた。

（結果的には師匠から離れたのは正解だったのかもしれない）

皮肉なことだ。師匠によってニューヨークを追われた結果、この世界に関わり、湊のショコラを心から愛してくれる人々と出会えた。帰国したとき、あれほど深かった心の傷も、いつのまにか癒やされていた。

――やっぱりショコラもショコラティエも、人から愛されてこそ、だな……。

「ねえねえ、ショコラティエ」

おしゃまなグレーテが、精一杯優雅な手つきでスプーンを操りながら問いかけてくる。

「これ、兄さまには食べさせてあげないの？」

「のー？」

「え、っ……」

思わず絶句する。

兄さま、とはむろん国王アルトリート三世のことだ。今は執務室で書類仕事の真っ最中のはずである。子どもたち同様、そろそろ一息入れたい頃合いだろうか。

リート。その名に思い出すのは、厚い体。広い胸。その熱さと、むさぼられるように激しいキスだ。

――あれから、一〇日近くが過ぎている。

その間一度も、湊はリートと顔を合わせていない。いつもマメに面倒を見ている弟妹たちにも付き添ってこないのだから、これはもう、明らかに避けられていると思っていいだろう。

（無理もないけど……）

思いがけず突然、振った振られたの関係になってしまい、気まずいのはこちらも同じだ。あんなことがあって、どんな顔でリートに会えばいいのかわからない。彼は気にするなと言うが、今はまだ、平気な顔で会える自信がない――。

「でっ、ですが、こっ、国王陛下のような立派な大人の男性にお持ちするには、これは、す、少しかわいらしすぎるんじゃないでしょうか」

湊は声が裏返りそうになるのを、必死にこらえて言い訳をした。「そんなことないわ」と反論してきたのは、グレーテだ。

「兄さまは毎日おしごとで大変なの。おとなの男の人だって、きれいでかわいいものが本当はだいすきなはずよ。だってつかれたココロがなごむもの」

「……」

「ねぇ、おねがいショコラティエ」

「ねがいー！」

「兄さまにも、これ食べさせてあげて？　わたしたちからの差し入れって言ってね？」

「ねー！」

つぶらな瞳三人ぶんに見つめられて、湊は観念した。どの道、この王宮に仕える身で、いつまでも宮廷の主人たるリートを避けているわけにはいかない。

――ええい、いつかは顔を合わせなきゃいけないんだ。こうなったら……。

「わかりました、あとで陛下のところにもお持ちしますね」

その答えに、わぁい、と素直に喜ぶ子どもたちの笑顔が痛い。

しかしだ。

リートと対面する、と腹を括《くく》って執務室に向かってみれば、そこには先客がいた。

勢い込んでいただけに拍子抜けしたが、考えてみれば当然なのだ。リートは日々、様々な臣下から多くの報告を受け、決裁を仰がれている。その御前には、常に多くの人が出入りしている。よかった、一対一で彼と対決するのは避けられそうだ――などと湊が情けなくも安堵をしたときだった。

「ですから陛下、あの怪しげな薬剤師を、この宮廷から追放すべきだと申し上げておるのです！」

扉の隙間から漏れ聞こえてくる野太い声には憶えがある。恰幅《かっぷく》のいい体に豪奢な刺繍入りの長衣をまとった宰相、バウマン枢機卿……。

「ミナトを追放する？　いったい何の咎で？」

対するのは、リートの声。バウマンに比べれば若造のそれと言っていいが、貫禄は充分で、動ずる気配もなく落ち着いている。

「決まっております。あの薬剤師が使うカカオなるものは、いまだ聖神母教中央教会の審判も受けておらぬ怪しい代物で――」

「それが？」

「そのようなものをこともあろうにエレーナ王太后に投与し、さらには貴婦人方にまで広めるとは、聖神母をも恐れぬ振る舞いにございましょう！」

「……」

ふぅ、とため息をつく音は、おそらくリートだろう。やれやれ、という内心の声が聞こえてきそうだ。しかしバウマンは引き下がらない。なおもたたみかける。

「陛下、近頃の宮廷出入りの女性方《にょしょう》の、あの薬剤師に対する惑溺ぶりは目に余りまする。このままあのショコラとか申す悪魔の食物がもてはやされては、宮廷の風紀は乱れ、ひいてはこの国そのものが中央教会から――」

「もういい、バウマン」

リートは宰相の言葉を中途で遮った。

「卿《きょう》の真に案ずるところは、義母上や高位の貴婦人たちがミナトの作るショコラの味に惹かれ、聖神母教への忠誠や信仰心を忘れ去ることだろう。もしそのようなことになれば、卿の聖職者としての面目は丸つぶれ。貴族たちからの喜捨も集めづらくなり、中央教会の教皇猊下への上納金も減らさねばならなくなる。ひいては卿の教会内での地位も危ういことになろうからな」

「な、何をおっしゃいます陛下！　我は、我は真にこの宮廷の行く末を案じて……！」

「――もういい、と言っただろう」

リートの声はやや面倒くさげだ。

「新奇な菓子がひとつ流行《はや》ったくらいで失われる信仰心なら、最初から大したものではなかったのだ。そもそも、人の信仰心の強い弱いに、国王宰相といえど口を出すべきではない。政治権力が個々人の心の中の問題にまで踏み込んでは、それこそ混乱を招く」

「……陛下……」

「進言ご苦労であった。下がれ」

若いながら威厳のある声に促されて、バウマンは引き下がったようだ。ドアのほうへ歩いてくる重々しい足音が聞こえる。

湊はまずい、と縮み上がったが、執務室前の廊下に、身を隠す場所などない。ヴェリーヌのガラス器を載せた盆を手に、おろおろしている間に、退室してきたバウマンと対面してしまった。

「貴様は――」

怒りと恨みと苛立《いらだ》ちと。それらすべてが混ざり合った面相は、とてもこと神に仕える聖職者には見えない。思わず二、三歩後ずさった湊に、ずんぐりと丸く太った手が伸びてきた。殴られる……！と、身構えた湊の前を、「ええい、このようなもの！」と、バウマンの手の甲が払う。

ガチャン、パリーン……と、ガラス器の吹っ飛ぶ音。

「な……」

湊は叫んだ。リートのために用意した渾身《こんしん》のヴェリーヌが……！

「なんてことをするんですか！」

「何を言うか無礼者が！」

即座にバウマンが怒鳴り返してくる。

「一国の宰相たる身に、たかだか一介の薬剤師風情が不平を漏らすか！」

「これはただの菓子じゃありません！」

湊も負けてはいない。他のことならともかく、ショコラに関してだけは、負けるわけにはいかない。

だって、ぼくはショコラティエだし、これは……。

「これは、マクシミリアンさま、グレーテさま、エルウィンさまたってのご依頼で、政務に忙しい兄上さまに息抜きを、と作らせていただいたものなのですよ。それをこんな……！」

「ふん、貴婦人に続いてお子たちまで手懐けおるか、この異端者めが！」

バウマンが唾棄するように告げる。そこへリートが、「バウマン！」と叫びながら飛び出してきた。

「やめろ！　その者には一指も触れてはならぬ！」

「――陛下……！」

「いくらそなたが父以来の重臣であっても、それ以上は許さぬぞ！」

王者の怒気に、バウマンは無念げに口をつぐんだ。そして、湊をにらみつける。

「いずれ貴様を聖神母教会の名において審問にかけてくれる！　憶えておれ！」

言いたいだけ放言すると、体重過多の枢機卿は、憤然と足音を鳴らして去っていった。あとには、廊下に散乱したヴェリーヌの中身と、砕け散ったガラス器が残される。

「……ミナト」

若い国王が、気の毒そうな顔つきでしゃがみ込んでくる。王としての堂々たる装いだ。「大丈夫か」と問いかけられて、湊は動揺し、ややつっかえつつも、「ええ」と答えた。

「すまなかった、止められなくて」

そう言って廊下に散らばったガラス片を拾おうとするリートを、湊は慌てて制止した。

「ダメだよ、国王陛下がそんなことしちゃ。危ないから、ぼくが——あ、痛っ」

「ミナト！」

ガラス片で指先を切った湊を見て、リートがその手を取る。引き寄せて、血のにじむ指先を口に含もうとするのを、湊は驚いて振り払った。

「……っ」

流れる、微妙に緊迫した空気。

湊は冷や汗が背を伝うのを感じた。ああ、ダメだ。早く話題を逸らさないと——あの夜の話になってしまう。

何か、何でもいい。何でもいいから、何か話題を持ち出さないと——。

「リ、リート」

湊は廊下に跪《ひざまず》いたまま、上目遣いにリートを見て言った。

「あの宰相さまの言うことは、まったくの言いがかりでもないよ」

「――どういうことだ？」

「ショコラは、魔性の存在なんだ」

揺籃《ようらん》の地であるメソアメリカにあるうちから、カカオは選ばれたごく一部の特権階級のものだった。マヤやアステカの人々は、カカオ豆を税金として献納し、また日常的に貨幣としても用いていたという。それだけ価値のある貴重品だったということは、すなわち、多くの人々が狂ったように追い求めた、ということだ。

「やがてその味に出会い、やはり魅了された欧州の人々は、先住民が飲んでいた苦いショコラトルに、砂糖を入れて甘くして飲むようになった。そして『ショコラ』は大流行を引き起こす。ちょうど今、この宮廷で起こっているようにね」

「――それに何か問題が？」

「大流行が起こるということは、それを大量に生産する必要が生じるということなんだよ、リート」

それが大きな利益を生むと知られたために、中南米各地の、カカオとサトウキビの栽培に適した熱帯地域には、次々と大農園が拓《ひら》かれた。

「……そして、そこで働かせるための奴隷が、大勢、海を越えて売り飛ばされてきた。家畜……いや、モノのようにね。その数はおよそ数千万と言われている」

その後、長く廃絶できなかった悪魔のような奴隷貿易産業が生まれるきっかけを作ったのは、人々の「甘いショコラを飲みたい」という欲望だったのだ。

「……っ」

リートは絶句した。

「なるほど。人の欲望が満たされることは、必ずしも幸福ばかりを生み出すとは限らない、ということだな」

軽くうなずきつつ漏らした言葉は、さすがに王者らしいものだ。湊もうなずきを返す。

「うん。さすがに今はもうそんなことはなくなったけど……奴隷たちは酷暑地域での労働に従事させられ、大抵は短期間で命を落とした。だから奴隷商人たちは、それこそ間断なく大勢の奴隷を狩っては、農園に送り込み続けた。なぜかって？　それだけ大量の働き手が常に必要だったからさ。次々と奴隷を買うコストを大幅に上回るほど、カカオと砂糖があげる利益は莫大《ばくだい》だった。それほどの――それほどの悪を犯してまで、人々がこぞって大量のショコラを求め続けたからだ。人々がショコラに、魅了されてしまったからだ」

ニューヨークの師匠が言っていた。人間にはショコラを求める本能のようなものがあるのだと。人間はみな、ショコラを前にしては、熱狂と熱愛を捧げずにいられなくなるのだと。たとえその裏で、巨大な悪が行われていようと、だ――。

「ショコラってね、人の業《ごう》の集積なんだよ、リート。人の愛、人の罪、人の欲望……人間が生きる、ということのすべてが、この褐色の食べ物に込められているんだ」

床に叩きつけられてしまったヴェリーヌのショコラムースを手巾《ハンカチ》で拭きながら、湊は言った。

「だから、ぼくのショコラが人の心を惑わす、という意味では、あの宰相さまの言うことは正しいんだ」

「ミナト、だが」

「ねえ、リート」

湊は目を上げ、リートを見つめた。

「前から思ってたんだけど……ぼく、このままこちらの世界に出入りし続けて、いいのかな」

「――……ミナトっ？」

何を言うんだ、と目を見開くリートに、湊はなるべく穏やかにほほえんだ。

「エレーナさまもお元気になられたし……もうぼくの力も必要ないだろう？　それに――」

それに、とつぶやいたきり、湊は思案を巡らせた。どう伝えればいいのだろう？　どう言えば、リートに過《あやま》たずこの思いが伝わる？　あなたを嫌ってのことではないと、どうすれば納得させられる？　どうすれば――ぼくが去るのは、あの夜のことが原因だ……なんて、あなたを思い煩わせないで済む？

あの夜、と思うと、湊の胸は鋭く痛んだ。あの夜、彼を拒絶して叫んでしまった言葉といい、今、彼の前から去ろうとしていることといい、ぼくはどうやら、宿命的にリートを傷つけてしまう存在みたいだ。決して、そんなつもりはないのに——。

「ぼくが恐れているのは、このままでは、こちらの世界で、ぼくが生まれた世界がたどった歴史が、繰り返されるんじゃないか、ってことなんだ」

それはあながち、今ここで考え出した言い訳というわけでもなかった。貴婦人たちがショコラをもてはやす様子を見て、湊はふと不安を覚えたのだ。ショコラが大流行する。カカオと砂糖の生産増大のため、奴隷貿易が行われる。その悲劇が、こちらの世界でも起こるかもしれないのだ。それこそ、何百、何千万という規模で。

「ショコラには人にそれだけのことをさせる魔力がある。あの貴婦人たちの様子を見たでしょう？ひと切れの菓子のために、冗談にせよ領地を差し出そうとまでしたんだよ？」

この世界に、これ以上はショコラを持ち込むべきではない。今ならまだ、引き返せる。今が最後のチャンスだろう——。

「ね、だからリート、ぼくはもう——」

「ミナト！」

いきなり、リートが湊の両の二の腕を摑んできた。その顔が、湊の眼前に迫る。

「ミナト、それはダメだ。それは許さない」

「リ、リート？」

「こちらの世界に本来ないものを持ち込んだ結果を危惧する気持ちはわかる。だが、君の本心はそれだけじゃないだろう？　おれにいつ何をされるか、怯えているんじゃないか？」

「っ、リート、それは！」

「言っただろう、あの夜、うっかり求愛してしまったことは、気にしなくていいと――二度と言わない、と！」

「……！」

「ああ言ったのは――どうしても君を手放したくなかったからだ」

リートは湊の腕を握ったまま、かき口説いてきた。熱いまなざしと、燃えるような手。

「恋人になどなってくれなくてもいいから、ただそばにいて欲しかったんだ。どうしても離れたくなかったから、断腸の思いで恋心を諦めたんだ。それなのに――それなのに、自分の世界へ帰るだなんて……おれを捨てていくだなんて、許さない……！」

「――っ」

湊はぎくりと震えた。

――許さない。

それは胸の奥深く、恨みや怒りがどろどろと渦巻く部分に響く言葉だった。許さない。

湊は無意識のまま、目の前にある厚い胸元を、ぎゅっと握った拳で、とん、と打った。

とん、とん、とん。

どん、どん、どん。

一度打つごとに、湊の拳は乱暴になる。リートの厚い胸板の前では、ショコラティエの繊細な手など、赤ん坊に等しかったけれども。

「——か、勝手な」

湊は目を上げ、リートを見た。にらんだ、に近い眼光だった。

「勝手な、ことを、言うなよ——！」

目が潤んでくる。

「じ、自分は、お父さんのところへ、か、帰っていったくせに……！　ぼ、ぼくが帰るのは、許さない、なんて……！」

リートは湊の顔をじっと見つめてきた。男らしい鋭角の目立つ顔立ちだが、そのまなざしは、どこまでも深くやさしい。

「……すまない」

若い王は、胸板に置かれたままの湊の手を、包み込むように握ってくる。

「あのときのことは、いくら謝っても足りな——」

「謝るな！」

湊は遮るようにして叫んだ。

「あなたを恨むべきじゃないってことくらい、ぼくにだってわかってる！」

叫びながら、自分の身勝手さに身を縮めた。だがこれは、切なる願いだ。

「お願いだ、謝らないで……あなたに謝らせたりしたら、また自己嫌悪で惨めになる——あなたは何も悪くない、悪くないんだから……」

「……」

リートは黙って湊を見守っていた。責められたり謝るなと言われたり、わけがわからないだろうに、度量の大きい男だ。まぶしいほどの王者の器だ——。

そうだ、ぼくは。

あなたのことが——。

「好きだったんだ……ずっと」

ぽろりと、熟した果実が落ちるように自然に、湊は吐露していた。愛の告白には似つかわしくない、懺悔《ざんげ》のようなか細く震える声だ。それでも、拳を叩きつけている厚い胸板が、びくん、と動くのがわかる。

「思い出したんだ、リート。あなたがぼくを看病しながら好きだと言ってくれて……あのとき、あのとき本当は、ぼくも……！」

「ミナト」

「ぼくも、あなたのこと、好きだ、って、思って——」

でもあなたは、帰ってしまって。

結局、あのときあなたにかけた言葉は、「きらいだ、だいきらいだ」だけ。

そのことを、どれほど後悔したことか。

どれほど、惨めな気持ちを抱えて生きてきたことか――。

「あなたが悪いわけじゃない、あなたを恨んじゃいけないってわかっていても、恨まずにいられないほど――あなたが、心から好きだった！」

子どもの恋だ。長年、恋だと意識できなかったほどに幼い恋だ。あの頃の、突然孤児になった心細さがすがりつかせた恋だ。

そして、二〇年ぶりに突然再会したリートは、惚れ惚れするような大人の男に変じていて、その姿に、湊はまた恋をしてしまった。古い傷が疼《うず》くように、ずきんずきんと痛むような恋。

「ミナト……」

その、大人の男が、両腕を湊の背に回してくる。

抱きしめられ、鎖骨の上に唇を当てられた。その唇が囁く。

――君が愛しい。

「愛しくて、たまらないんだ。ミナト」

好きな男の吐息が、鎖骨のあたりに沁みてくる。

「君はどうだ？　昔、おれがしたことを許してくれるか？　――今も、愛してくれているか？」

湊は目を閉じた。そして心を定め、リートのたくましい胸に体を預けた。

「うん」

か細くうなずく。

「うん、あなたを許すよリート……だってぼくも、ぼくもあなたが……」

あなたが、ずっと好きだった。この世界の王者。ぼくの愛しい、白銀のライオン。

「ミナト——ありがとう、幸せだ……」

割れて散乱するガラス片がきらきらと輝き、ショコラの花が咲く廊下で、ふたりは口づけを交わした。

＊　＊

「なに、魔性となﾞ」

バウマンは振り向いた。そこには、衛兵の姿をしたひょろ長い体型の男がひとり、立っている。

「あの薬剤師が、確かにそう言ったのか」

「は、はい、さようで」

衛兵は、卑屈に背を丸め、揉み手をしつつ告げる。

「あのショコラとかいう薬は、人を堕落させる魔性のものだと——そう告白しているのを、確かにこの耳で漏れ聞きましたです、はい」

「ふむ……」

バウマンは肉のたるんだ顎を撫でた。そして、ぺろりと舌なめずりをする。

「よく知らせてくれた。これは心ばかりの礼だ」

小さな革袋が、衛兵に投げ渡される。慌てて受け止めた手のひらの中で、中身がちゃりん、と澄んだ音を立てた。金貨、ないしは銀貨だろう。衛兵はかしこまって両手でそれを包み、「ははぁ」と低頭した。

「ありがたき幸せにござりまする」

「これからも頼むぞ。この宮廷に、異端の輩をはびこらせぬためにな」

「承知いたしました――では、これにて」

衛兵はひょこひょことした仕草で部屋を出ていった。ぱたん、と扉が閉ざされる。

うす暗い部屋の中で、バウマンはうっすらとほくそ笑む。

「得体の知れぬ奴、と思っていたが――あの薬剤師め、意外に迂闊であったな。このわしの耳目が張り巡らされておる宮廷で、自らの所行が神に背くものであると自白するとは……」

あとはあの男を捕らえ、異端審問にかけるために中央教会へ護送するだけだ。なに、あの男がどう自己弁護しようと、逮捕された時点で有罪は確定したようなもの。

なぜなら、異端の疑いをかけられた者は、「自白」するまで、ありとあらゆる手段で責め立てられるからだ。中央教会には、魔王でさえ泣いて赦《ゆる》しを乞うと言われる拷問の専門家がいる。そして、たとえ国王であろうと、それを止めさせることはできない。ひとたび教皇の手に落ちた者は、いかな権力者であれ、取り戻すことはもはや叶わぬ。

「これでこの宮廷から、罪深い享楽を一掃することができる――」

バウマンは安堵した。エレーナをはじめとする貴婦人たちも、これで目が覚め、心を入れ替えて、また正しき神の道に立ち戻るであろう。

これまで自分は、ひたすらに聖神母教のために尽くしてきた。人々を正道に導くために、異端の者を徹底的に糾弾してきた。獣人であるアルトリート三世が仮王として即位したのは、先代王が指名したマクシミリアン王子がまだ幼少ゆえ、致し方なかった。だがこれで、その汚点を返上すべく、聖神母の御心に適《かな》う行いをすることができる。

息子が聖職者となることを望んだ亡き両親も、天国でさぞ喜んでくれているに違いない――。

会心の笑みがバウマンの肉の厚い顔を満たす。その口元にちらりと、白い牙の先端が覗いた。

＊　＊

「マクシミリアン王子と、グレーテ王女のお誕生日、ですか――」

「ええ、さようです」

いまだ喪服姿ながら、もう黒いベールは被っていないエレーナが、たおやかな声で湊に告げた。

「去年は、先王の喪中であったゆえ何も祝ってやれず、今年も妾が病んでいるとあっては、人任せにするしかあるまいと思うておりましたが、そなたのおかげで妾も、このとおりまずまず人前に出られるようになりましたゆえ、この際、妾の快気報告もかねて、賓客を招いて盛大に催してはどうかと思うての」

若い未亡人はほほえんでいた。頰にも唇にも血色が戻り、瞳にも生き生きとした色彩が宿っている。

ショコラに多少の薬効があるのは本当だが、ここまで劇的に回復したのは、おそらく偽薬効果というやつだろう。これは効く、と信じて飲めば、ただのビタミン剤が万能薬になるというアレだ。

「ショコラティエどの、このこと、お引き受けいただけましょうや？」

「それは……」

湊は逡巡《しゅんじゅん》した。

エレーナは賓客、と言った。この口ぶりでは、おそらく招待される客はサロンの貴婦人たちどころではない高位身分の人々だろう。外国からやってきた外交官なども招かれるかもしれない。そうなれば——そうなれば、いよいよ湊がもっとも恐れていた事態が実現する。この世界にあまねく、ショコラが広まる、という……。

こちらの世界から去る、という選択は、リートの懇願によってなしになったが、湊にはまだ迷いがある。この世界に、爆発的にショコラが広まることが、この世界の人々を不幸にしないと言えるだろうか——。

そんな湊の顔を見て、エレーナは言った。

「ショコラティエどの、子どもらは皆、そなたの作る菓子を愛しておりまする。これまで母らしいことをしてやれなんだ償いに、子どもらに何かしてやりたいのです。心からお願いいたします。どうか子どもらを喜ばせ、幸せな気持ちを味わわせてやってはもらえませぬか」

このとおりです、と王太后たる女性に低頭されて、湊は焦った。

「エレーナさま、あの、ですが――」

「おれからも頼む、ショコラティエ」

背後から急に入室してきたのは、リートだ。湊はひゃっと背筋を伸ばした。

おそるおそるといった風にゆっくり振り向いた先にいたリートは、案の定、王としての威厳に満ちた装いだった。ぼうっと見とれ、それから急に消えてしまいたいほどの恥ずかしさが襲ってくる。この男と唇を交わし、心を通じ合わせたのは、まだつい先月のことだ。

――こんなに立派な男性が、一国の王が、ぼくの、ぼくなんかの恋人、なんだ――。

(夢じゃないだろうか)

そもそも男性とそういう関係になること自体、いままで想像したこともなかったのに。

ふらふらしながらそう考えていると、ぽん、と背後から肩に手を置かれた。一瞬だが、強く抱き寄せられる。一見すれば幼なじみ同士の気安い挨拶だが、そうではないことは湊もリートも暗黙のうちにわかっている。愛されているのだ、という実感が、力強い腕の感触と共に伝わってくる。

「義母上はようやくご回復の兆しを見せられている。その妨げとなるご懸念は、ひとつでも取り去って差し上げたいのだ」

「陛下――」

感激と感謝の思いを込めた声で、エレーナが継子の敬称をつぶやく。リートはそんな義母に小さく手を振った。どうか遠慮はなさらず、というジェスチャだ。

「あの子たちは――弟妹たちは、見かけは無邪気だが、時々、妙に大人びたところを見せることがあってな。子どもなりに色々と、物思いを抱えているのかもしれん。それでなくとも、王宮は窮屈で、あまり幼児にとって居心地のいい場所ではない。誕生祝いの日くらいは、思い切り楽しませてやりたいのだ」

「ですが、リー……陛下」

湊は顔を曇らせた。

「こちらの世界に、これ以上ショコラが広まるのは、いかがなものかと――」

「ああ、それを懸念しているのか」

改めて説明せずとも、リートは得心したようだ。ショコラの持つ魔性の力の話は、以前すでに話してある。

「確かに、各国からの賓客の集まる場でショコラを披露すれば、かの美味はわが王国以外にも広く知れ渡ろううな」

「うぬぼれるわけではありませんが」

ぼくの作るショコラには、それくらいの力はある。湊の生まれた世界で、数世紀昔に大流行を引き起こしたショコラショーは、まだ酢酸臭を取るアルカリ処理もされず、粒子のキメも粗くて、今ののよりはるかに原始的で洗練されていない代物だった。そんなものでさえ、世界の歴史をねじ曲げる力があった。ましてや湊の作るショコラは、二十一世紀の進歩したショコラ界で、幾度も世界的栄冠を勝ち得たほどのものだ。それがこの世界に広まっては――そう目で告げる湊に、リートはしっかりとうなずいた。

「確かに、ショコラとは恐るべき魅力を秘めた食物だ。わが国だけにとどまらず、世界のすべての国と人々との運命を変えてしまうかもしれん」

だが、とリートは顎に手をやりながら思案を巡らせている。そしておもむろに告げた。

「だが、そうだな――どうもうまく言う自信がないが、それは我らが決めることだ、とおれは思う」

「？」

「つまり、我らの世界にショコラが持ち込まれた結果、我らの世界がどう変化するかは、この世界に住む我らが決め、選び取ってゆかねばならん、ということだ」

その世界の歴史は、その世界の者たちが作ってゆかねばならないのだ。失敗や過ちをも含めて。そうリートは言う。もしその選択の結果、悲劇が起こるのならば、その責任を負うのは、その道を選び取った者たちでなくてはならない。原因を作った者ではなく。

「だからミナトは、何も恐れなくていい」

湊の腕に、リートの手が触れてくる。ぬくもりを伝え、勇気づけるかのような、力強くも温かい仕草で。

「ミナトの作るショコラは、義母上の憂いを払い、子どもたちを笑顔にし、貴婦人たちの心を捕らえ、宮仕えに疲れたコンラートの心を癒した。それに――」

ちらっと、意味ありげな目が、湊を見る。

「このおれも、幸せを得られた」

「……っ」

そうだった。湊がショコラティエでなければ、たぶんリートと再会することはできても、こうして一緒に過ごし、心を交わすことはなかっただろう。

ショコラのおかげで、湊はリートの恋人になることができたのだ――。

「関わる者を皆幸せにする。それは、素晴らしいことではないか?」

リートの手から、その言葉から、温かさが伝わってくる。

湊は目を閉じた。そして、愛する人のぬくもりを噛みしめた。

「――そうだね」

感激に目が潤む。

「ショコラは……それを口にする人を幸せにするものなんだよね」

忘れていた。それを、すっかりと。

今、湊の生まれた世界では、カカオ豆の生産者が豆を安く買いたたかれて貧困に陥らないよう、カカオ栽培が自然破壊をもたらさないよう、適正な農業を模索する動きが盛んだ。カカオ豆の生産が、貧困や奴隷労働に即繋がるというわけではない。それはあくまで社会の歪みであって、ショコラが悪いわけではない。ショコラが生まれることによって誰かが犠牲になるのなら、誰もが幸福になれるよう、正していけばよいだけだ。

「ありがとう、リート」

湊は目を上げて告げた。

「ぼくは、ショコラの幸福を生む力から、目を背けていた。それをリートが、正してくれた。この手に宿してきた力は、少しずつだけど、確かに人を幸福にしているんだと、気づかせてくれた……」

「大げさだ、ミナト」

リートが白い歯を見せて笑っている。

「おれはただ、弟妹たちと一緒に、おいしいものが食べたいだけだ。期待しているぞ、ショコラティエ」

抱き寄せられ、ぼん、を背を叩かれて、「はい」と力強く応える。

「はい、お任せください、アルトリート三世陛下」

この男が好きだ——と強く感じながら、湊は彼の背をおずおずと抱き返した。

異世界に通じる精霊の森は、いつもながら、鳥の声と安らぎに満ちている。

「……何でわたしがこんな力仕事を」

その美しい光景の中を、両手に荷を提げながら、ぶつぶつと文句を垂れて歩いているのはコンラートだ。おそらくふだんはペンと書類より重いものを持たない生活をしている宮廷官僚にとっては、大袋いっぱいに詰まったクーベルチュールチョコレートやオーガニックシュガーは、肩の関節が抜けそうなほどの大荷物だろう。

おまけに足もとは、大木の根がうねるように張り巡らされ、お世辞にも歩きやすいとは言い難い道だ。しかし今このとき、頼りにできるのはこの非力な男しかいないのだ。なぜなら。

「ご多忙なコンラートさまにいつもいちいち付き添ってもらってすみませんね。でも仕方ないでしょう？　誰か獣人が一緒にいなければ、あのエレベーターは動かないんですから」

湊は振り向いて告げた。コンラート以上の大荷物を肩に担ぎながら。

「それなら荷運び人夫を動員して、わたしは通路確保に専念すればよかっただろう」

「あの通路のことを知る人間がむやみに増えるのは、あんまりよくないんでしょう？」

「……ふん」

コンラートは、まるでバウマンのように鼻を鳴らした。

「貴殿も言うようになったな。やはり誰しも、王の寵愛を受けると人が変わるものだ」

「……っ」

湊は非力なコンラートの二倍ほどの荷を肩に担ぎながら、転倒しそうになった。この怜悧な片眼鏡の男がすべてお見通しなのはもう今さらだが、こうもあからさまに口に出して皮肉を言われると、やはり堪える。

「ぼ、ぼ、ぼくは一職人の領分は守っているつもりですが」

今日のこの荷運びだって、七日後に迫ったマクシミリアン王子、グレーテ王女の誕生日祝いのための準備だ。王太后肝いりの、王子王女のそれとなれば、「たかが誕生パーティ」ではない。王国に駐在する外国大使なども招待される立派な国家行事である。決して公私混同でコンラートをこき使っているわけではない。

「わかっているとも」

コンラートはすました顔でこくんとうなずく。

「それにたとえ私用でも、廷臣たるわたしを使役するくらいならば、充分に許容範囲だ。過去には王の寵愛をよいことに、国費を好き放題浪費して危機を招いたご内妾《ないしょう》もいたからな」

そんなのと比較しないで欲しいな、と湊は内心思った。ここにきて湊には、自分はショコラティエなのだ、それ以外の何者でもないのだ、という誇りと存在意義のようなものが、体の中いっぱいに満ちてきている。ニューヨークの修行先で数々の栄誉を独占していた頃ですら、こんなことはなかった。だからショコラの力でもって王家の人々の心は捕らえても、それで権力や権勢を握ろうなどとは、夢にも思わない。ぼくはただ気持ちよくショコラが作れて、それで皆によろこばれればそれでいいのだ。それに――リートのそばにいて、彼の役に立つことさえできれば。

政務に疲れた彼のために、熱いショコラショーやショコラ菓子を作り、それを口にしたリートが、にこりと笑って「おいしい」と言ってくれさえすれば、それでぼくは、無上に幸せだ――。

「ショコラティエどの、顔が溶けているぞ」

蕩《とろ》けさせるのはショコラだけにしておきたまえ。

珍しいコンラートのからかいを受けて、湊はひどく赤面した。

コツコツコツ、とノックの音がして、湊はぐったりともたれていた椅子の背から慌てて体を引きはがした。窓の外がもう暗い。

湊は絹製の大きな布を、テーブル上の作りかけの作品にばさりとかけて隠した。それから、扉に向けて「どうぞ」と返答をする。

すると意外なことに、入室してきたのは、いつも軽食や水代わりのワインを運んできてくれる女官ではなかった。驚いた湊が「リート！」と声をあげると、国王アルトリート三世は、若々しい顔に思案げな表情を張りつけて見つめ返してくる。

「様子を見にきた。何を作っているのか知らないが、もう五日もこもりきりだそうじゃないか。いくら何でも、根を詰めすぎだ」

「ふふ、だってこの国と、国王であるあなたの威信がかかっているんでしょう？　そりゃ、多少の無茶はしないと」

湊は苦笑いしながら、目元をこすった。修行時代、コンクールに挑む前には、何日も徹夜を重ねたものだが、さすがに三十が見えてくる年齢にもなれば、そこまで無理はできない。適度に仮眠も取りつつの作業だから、まあ体を壊すことはないだろうが、それでもリートに心配をかけてしまったようだ。

「気持ちは嬉しいが、ひどい顔色だ。今夜くらいきちんとベッドで眠ったほうがいい」

「大丈夫だって、心配ないよ。これから仕上げにかかるところで……っ」

口答えしようとして、湊はその口を塞がれた。リートの唇でもって、だ。

「ふ、っ……ん、ちょ、リー……」

「休むよう忠告しても聞き入れない、とコンラートから聞いてな」

にっ、とリートは、とても人の悪い笑い方をする。

「無理にでもベッドへ連れていくつもりで来た。さあ、ミナト……」

そして再び浴びせられた口づけは、噛みつかれるような、吸い取られるような激しいものだった。

舌が突き入れられ、ねっとりと絡み、息を継ぐ間も許されず、抱きすくめられて、上体が反らされる。

「ん……ん、ん……！」

ようやく唇が離されたときには、湊は唾液に濡れそぼり、足腰が立たなくなっていた。リートの腕の支えがなければ、その場に崩れ落ちていただろう。頭が――頭の中が、くらくらする……。

「――おいで」

深い声が囁く。

「気持ちよく眠らせてやろう――」

湊は朦朧《もうろう》としたまま、こくこく、とうなずいた。


天井の窓から、満ちる寸前の月が見える。

王の浴室は、さほど広くはないものの、天井が高くそれなりに豪華な造りで、埋め込みの浴槽に張られた湯はぬるめだった。湊はだらんと手足を伸ばし、抵抗しようもなく押し寄せてくる眠気に、ゆらゆらと舟を漕《こ》いでいた。いけない、こんな摑まるところのない場所で眠ったら、そのまま溺れてしまう――。

「眠ってしまっても構わないぞ、ミナト」

耳のすぐ後ろから、男の唇がひそひそと囁きを流し込んでくる。湯に浸かりながら、湊を抱き留めているのだ。

「体を拭くのも、髪を乾かすのも、おれが何もかもしてやろう」

「こ……こくおう、へいか、に、そんなこと——」

させられないよ、と口先ばかりで抵抗すると、男の手が、くすくす、と笑いながら肌を撫で回してくる。

「おれが甘えて欲しい、と言っても？」

今にも水面に浸かってしまいそうな顎を持ち上げられ、背後から頬骨の上にキスをされる。気分をかき立てるためのものではなく、気持ちを安らがせるためのキスだ。

「ふ……ぅ……」

ああ、もうダメだ。本当に眠ってしまう——と、湊は思った。せっかく、想いが通じた幼なじみの恋人と、裸体を合わせているのに……愛欲よりも……眠気が勝って……。

「リート……」

「ん？」

「でもあなた、したい、んでしょう？」

勃起してるのが当たってる、と指摘してやると、リートは苦笑した。

「まあ、これればかりは生理現象だからな……気にしないでくれ」

いや、するよ。しないでいられるか、と湊は思った。自分たちは恋人同士で、今はふたりきりで、肌を寄せ合っていて——なのにリートは、我慢してくれるつもりなのだ。我慢して——湊を休ませてくれるつもりなのだ。

「リート」

湊は振り向きつつ呼びかけた。

「しよう」

体を交えよう、という誘いを、まさか自分のほうからすることになるとは思わなかった。だが、湊はそれを、ごく自然にしていた。

とたんに、リートの厚い胸板が揺れたのがわかる。湊の体に触れていた手が、おびえたようにさっと離れていくのも。

「ダメだ」

湊にではなく、自分自身に言い聞かせているかのような声つきだ。

「どうして？　だって」

――最初にアプローチしてきたのは、あなたのほうだろう？

そう匂わせると、リートは視線を逸らし、本当に苦しそうな顔をした。

「加減できそうにないからだ」

懺悔のような告白だ。

「今、こんなに疲れている君を抱いたりしたら――きっとつぶしてしまう……」

苦渋の声に、そうなってもいいよ、と甘く囁きかけようとして、湊は思いとどまった。そんなことをしたら、この心やさしい男は「バカを言うな」と怒り、本気で湊を突き放してしまうだろう。そうではなく――リートの性欲解消に奉仕するのではなく、湊自身がそれをしたいのだ、とよくよく口説かなくてはならない。

「ねぇ、リート」

湊は恋人の腕の中でくるりと体勢を変えた。

そしてその、男らしい厚さを備えた鼻先に、ちゅっ、と唇をつける。

「好きだよ」

「――っ」

「だから、あなたの本当の気持ちを知りたい」

じゃぱ、と湯が音を立てる。湊は水面から引き揚げた両腕を、リートの首になまめかしく――これにも、まさか自分にこんな仕草ができるとは、と自分で驚いたが――絡めた。

「あなたが本当に、ぼくを好きなのか、その好きはどのくらいなのか、ぼくの体の、本来は性交に使わない場所に、本当に触れたり、入れたりできるのか――知りたいんだ」

「ミナト……」

「それに、あなたは……あなたなら、口で何と言ったって、ぼくをつぶしてしまうような抱き方はしないと思うし――」

「買いかぶらないでくれ」

ぐるる、とのどの奥でうなりながら、リートは湊の腕をもぎ離した。まるでダイエット中の女性が、おいしそうなショコラを断腸の思いで諦めるような仕草と表情で。

「ミナト、君も周囲の人間もたいそう高く評価してくれるが、おれはただの、欲望に満ち満ちた、俗物の男なんだ。君はもう何日も働きづめでくたくたに疲れている。そんな君を安らがせてやりたい。やさしくいたわりたい。けれどその一方で、抱きたい、君が声をあげて泣くまで意地悪く愛撫《あいぶ》して、壊れるほど激しく突き入れ、世界が崩れ落ちるまで腰を振りたいとも願っている——これがおれの、今の偽らざる本音だ」

「リート……」

「さあ、わかったならもういいだろう。そろそろ上がろう。そして朝までぐっすり……」

眠ろう、と囁く唇に、湊は突撃した。むさぼりつき、激しく吸って、舌を突き入れた。

「んん、っ……ミ、ミナト」

「……っ、ふぅ……」

そうして、気が済むまでむさぼってから、「リートのわからず屋！」と罵った。

「思い切りいやらしいことをしたいのは、ぼくだって同じだ！」

「ミナ……」

「こんな頼りない外見でも、ぼくだって一人前に男なんだよ！」

リートの圧倒的な体を揺さぶりつつ、叫ぶように告げた。じゃばじゃばと湯が揺れて、浴槽の縁からあふれる。

「欲しい」

全身の血が煮えそうな思いを、言葉にして吐き出す。

「あなたが欲しいんだよ、リート……」

情けないことに、最後は泣き声になってしまった。リートは湊を泣かせてみたいと言ったが、こんな泣き方をされても嬉しいはずがない。困らせてしまうだけだ。そう思って一生懸命泣きやもうとしてもなかなか叶わない。その子どもっぽさが、また恥ずかしくて泣けてしまう。アラサーの男が、まともに恋人のひとりも口説けないなんて、もう。

「ミナト」

「っ、何だよ！」

「泣かないでくれ」

「ぼ、ぼくだって泣きたくて泣いてるわけじゃ……！」

「すまない——君を泣かせるのは二度目だな」

思わず、ひくっ、とのどが鳴った。リートの言う一度目がいつだったか、聞き質《ただ》すまでもない。あの幼い日の夏。あの悲痛な夜。湊の心に深く残った傷の痕に、今、リートがそっと触れてきた。

温かい手が、湊の心をさらさらと撫でていく。ああ、心地いい……と思ったときにはもう、自然に涙は止まっていた。

「リート……」

そこから先に、言葉は必要なかった。リートも湊も、まるで競うように互いの顔のあちこちにキスを繰り返し、ゆっくりと高ぶりあった。

「ん……」

後ろのとば口に、指で触れられる。

本来は不浄な排泄《はいせつ》器官だ。他人の指で触れられることなど、医療にかかる場合以外に想定したことすらなかった。触れられてみれば意外に敏感で、リートの指先の男っぽい固さや太さ、爪の形、指紋の感触までがはっきりとわかる。

「あ、あ、あ」

いよいよだ。いよいよ、これからリートとするんだ――と思った瞬間、ふっと幼い頃のリートの思い出が走馬燈のように脳裏を巡った。まだ小さかった体に、満面の笑み。ああ、自分はあのかわいらしかった少年に抱かれるのか、と思うと、じんわりと体の芯が痺れた。今のふたりは、リートも湊ももう充分に育ちきった大人だというのに、まるで幼い体同士で交わるような、隠微な背徳感が湧き上がる。ああ、リート、リート、リート……！

ふ、とリートが小さく息を詰めた。湯の柔らかいぬくもりをまとって、リートの指が中に入ってくる。湊は「あ」と喘ぎ、のど首を反らせた。

リートは根気強かった。湊の様子を窺いつつ、そこを丁寧にほぐしていった。性急に押し広げたり、強引に何本も指をねじ込むような真似は絶対にしなかった。小さく細やかな動きに、湯がちゃぱちゃぱとさざ波立つ。

「あ……っ！」

湊が反応したのは、乳首をやんわりと甘嚙みされたからだ。平らな薄い胸にともる小さな粒を、ざらりとした舌が舐めていく。人間の舌にはあり得ない、突起のみっしりと生えた舌は、どうやら猫科動物のそれだ。以前キスを交わしたときには、こんな舌ではなかった。思わず湊はリートをにらみつける。舌だけ獣化していじめてくるなんて、反則攻撃だ。

「あ、っ……や、やだリート、や……！」

開発――どころか、ろくに他人に触れられたことすらない胸が、感じてたまらない。ぼくってこんな淫乱だった？　と自分で驚いて、いやだ、いやだと体とは裏腹な言葉をしきりに口走る。

――ちょっと、激しく恥ずかしいんだけどっ？　悔しい、感じちゃう、とか……！

「ああっ、やだ、リート、やだ、やぁ……！」

浴室に響く声は、まるで犯されているかのようだ。いや、犯されているのだ。無意識に抱えていた男としての自意識や沽券《こけん》が、ぼろぼろと突き崩されていく。リートはやさしくて、でも容赦なかった。やさしく柔らかく、湊の「男」を奪っていく。浴槽の縁に這《は》わされて、獣の舌を唾液と共に中に突き入れられた瞬間には、本気で逃げ出そうとした。四つん這いでがくがくと逃亡しようとした体を引き戻され、中を舐め回される。また逃げようとする。引き戻される。それを何度繰り返しただろう。

「ミナト」

囁くリートの声が、遠く、遠くに聞こえる。

すべての障壁を突き崩され、奪われて、くったりと力の抜けた体を仰向《あおむ》けに横たえる湊の両脚を、リートが持ち上げた。膝を開かせ、その狭間《はざま》に這い入ってくる。

じゃばん、と湯を蹴立てる音。すっかりほぐれた下の口に、硬い先端を突きつけられる感触に、思わず両手で空を掻く。

その手を、リートが握ってくれる。手のひらを合わせ、指を組み合って、まるで力づけるかのように。

「リート……」

湯気か涙で、ぼんやりとにじむ向こうに見える、愛しい人の顔を、湊は見つめた。

「あなたが、すき」

もつれる舌でつたなく囁くと、「ああ」と返事がくる。

——ああ、おれもだ。ミナト……。

くっ、とリートが息を詰める。じわりと体が割られていく瞬間、また走馬燈がきた。小さな白いライオンの子を抱きしめた感触。少年の笑顔。胸の中で泡がはじけるようなあの歓喜。愛しい気持ちの爆発——！

深くまで入れられた。それが嬉しかった。その深さが、リートの湊を求める想いの深さのように感じたからだ。乱暴にではなく、でも熱く腰を振られた。それがたまらなかった。リートが湊を隅々ま

で余さず感じようとしていることがわかったからだ。

「あ、ああ、ああ、リート、リート！」

好きだ。ぼくの想いはひとつ。あなたが幼い小さなライオンだった頃から変わらない。

その想いを乗せたキスは、猛獣の獰猛《どうもう》な舌に受け止められ、その熱さの中に包み込まれた。


リートは湊の体を横抱きにして、ざばりと湯から上がった。細身とはいえ成人男子一人前の体格の湊を、リートの腕はまるで少女でも抱くように軽々と扱ってしまう。胸板は厚く、身を寄りかからせれば、それをはじき返すような弾力がある。

——こういう瞬間、湊はじんわりと感動するのだ。あの少年時代の夏。自分と同じくらい幼く、体つきもまだ子どもっぽかったリートが、今はこんなに……と。

そして王でありながら、リートは本当に自分ひとりで湊の面倒を見てくれた。体を拭き、ゆったりとした寝衣を着せ、ベッドに横たえ——それから。

湊は急に、もふもふとした毛並みの感触に包まれた。ああ、リートが獣化したんだ——と、目を開かなくともわかる。大きな、真っ白いライオンが、くるりと体を曲げて、湊をくるみ込んでいるのだ。

——温かい。

以前、こうしてライオン姿のリートにくるまれて眠る夢を見た。現実のリートもまた、夢見たままに、柔らかく、温かい。まるで小さな子どもの頃に戻って、父の腕に抱かれているかのようだ。

「あなたは……」

本当にやさしくて、大きな男に成長したんだな、リート。アルトリート。

その夜、湊はリートの白銀の体に包まれて眠りながら、子ども時代の夢を見た。

夢の中でリートは、「父さんのところへ帰るよ」と湊に言う。

けれどそれを聞いても湊は、もうリートに対して腹を立てることはない。裏切られた、と落胆することもない。

だって、ぼくはもう、心から、あなたを許しているのだから——。

＊　＊

シルクの真っ白な布を、湊は廷臣たちの手を借りて慎重に取り除《の》けた。

とたんに、おおおっ、と大広間を揺るがすようなどよめきがあがる。

リートの部屋で眠らされた夜以外は、ほとんど仮眠だけで七日かけて仕上げたそれは、ショコラでできた巨大模型《ジオラマ》だった。宮殿を中心に、堀があり城壁があり街があって、街道の石畳も、街道をゆく馬車や旅人、道沿いの商店の看板や物売りの姿までが、ショコラで再現されている。

「すごい！」

「すごい！」

「しゅごい！」

本日の主役である双子のマクシミリアンとグレーテ、それにいつもながらリートの腕に抱かれている末子のエルウィンは、三人とも目を輝かせている。そんな子どもたちを見て、エレーナも嬉しそうだ。柄にもなく社交用の衣装で着飾らされている湊は、よかった、と胸を撫で下ろした。こちらの世界でも、どうやら「お菓子の家」は子どもの夢らしい。苦労した甲斐《かい》があった。

「これは素晴らしいな、ショコラティエ」

リートも驚いた顔だ。広間に居並ぶ賓客たちも、王の言葉に同意するように首を縦に振っている。

「今日の今日まで誰にも秘密で何を作っているのかと楽しみにしていたが――まさかここまでのものとは……」

「過分なお言葉、光栄に存じます、陛下」

今日は宮中の公式行事だ。リートも湊も、互いに国王と廷臣としての分《ぶ》をわきまえて振る舞っている。我ながらクサい芝居に、笑ってしまうのをこらえるのが大変だ。

「ねえ、でもこれ、食べちゃうの？」

フリルやレースやリボンを、これでもかとばかり飾り付けたドレス姿のグレーテが、案じ顔で振り向いて、長兄リートの顔を見上げる。

「食べちゃうなんてもったいないよ。このまま取っておこうよ。ね？」

そう提案したのは、やはり本日の主役ということで、王子さま然と着飾らされているマクシミリアンだ。

「そうだな……」

まだ幼児のエルウィンを片腕に抱えたまま、リートも顎を撫でて思案顔だ。

「残しておきたいのは山々だが――今日は賓客の方をもてなさなくてはならない公式の行事だ。誰もごちそうを食べてはならん、とは言えないだろう？」

長兄の言葉に、双子がそろってしょんぼりとする。その様子がおかしくて、湊はくすくす笑うと、「ご心配なく」と告げた。

「来賓の方々に振る舞う菓子はちゃんと別に用意してございます。さあ、どうぞ！」

湊が合図を送ると、女官、侍従たちが、手に手に銀盆を捧げ持ち、ぞろぞろと列を作って入室してくる。

盆の上には、ボンボン、アントルメ、ガトー、タルト、ヴェリーヌ、コンフェズリー（果物の砂糖漬けのショコラ衣がけ）、マカロン、マンディアンと、ありとあらゆる種類と形状のショコラ菓子が並んでいる。甘党でない人向けには、ショコラソースがけの鴨《かも》肉や、ラムチョップ、カカオ塩を揉み込んだローストビーフなども。

もちろん飲み物として、熱々のショコラショーも用意済みだ。

ざわざわざわ……！　と、賓客たちの声が高まっていく。すでにエレーナのサロンの常連である貴婦人などは、「あのフォンダン・ショコラというお菓子は中がクリーム状でございますから、お食べになるときはドレスを汚さぬよう気をつけて……」などと、自慢げに知識を披露している。

「さて、ご来賓の方々」

そして、若き国王アルトリート三世が、弟妹三人を伴って、丁重な挨拶を行う。

「見てのとおり、本日はわが宮廷の誇るショコラティエ、ヒミ・ミナトが腕を振るってくれた。窮屈な礼儀はあとまわしにして、まずは『ショコラ』の数々をぞんぶんに楽しんでいただきたい」

今にも涎を垂らさんばかりの賓客たちを前に、リートは苦笑気味に挨拶を短く切り上げた。飲み物が配られ、乾杯、の声を合図に、着飾った客たちがばらけ始める。そして、あちこちで驚嘆の声があがった。

「まあ、なんという香り。なんという繊細な甘さ」

「口に含んだとたんにほどけるように溶けますわ。まるで絹のような舌ざわり――」

その様子を観察して、湊はようやく、ふぅ、と息をついた。ショコラで作った精密な王国の模型《ジオラマ》も客たちに囲まれ、大好評のようだ。

そして何より子どもたちが、ショコラの家や宮殿をひとつひとつ指さしては、「馬がいるよ」「ここがグレーテの部屋ね」「おうち！　えんとつ！」と、心から楽しんでいる。末弟を腕に抱いたリートも、「ああ、すごいな。屋根瓦《がわら》や馬小屋の飼い葉桶《おけ》まであるぞ」と、ご満悦の様子だ。

その空色の目が、ちらり、とこちらを見る。

湊はその視線に、黙礼で応えた。

――ありがとう。君はすごいな、ミナト。

――いいや、期待に応えられて、ほっとしたよ。

心と心で、そんな会話を交わす。今のリートには王としての公式の立場がある。一介の職人が気安く声をかけるわけにはいかない。

今日は遠目に眺めるだけだな。それでもまあ、着飾ったリートは見応えがあるけど……。

湊がそう思っていたときだった。

背後から、突然、ぐいっ、と腕を引かれる。えっと驚く間もなく、広間の大柱の陰に引きずり込まれた。

人々は――もちろんリートも、そのことに気づかない。湊は柱の陰で、自分を引きずり込んだ相手を見て、また驚いた。

「……コンラートさん！」

「し、っ」

いつものように黒い長髪を簡素にまとめ、片眼鏡を光らせた若き宮廷官僚が、隠微な態度で口の前に指を立てる。その様子が、にぎにぎしく喧噪に満ちた広間の中心部とあまりに対照的で、湊は本能的に、これはただごとではないと感じ取った。

「急いでここから逃げる。ついてきてくれ」

「逃げる……？　ど、どうして？」

「説明はあとだ、早く！」

再び、有無を言わせず腕を引かれる。するとその瞬間、まるで見計らったかのように、大広間に兵士の一団が突入してきた。

貴婦人たちの悲鳴があがる。何だ何だと、うろたえる貴顕《きけん》たちの声。

総勢十人ばかりの兵士たちは、見慣れた宮廷衛兵ではなかった。実用本位の衛兵たちよりもはるかに華美で、甲冑《かっちゅう》姿でありながら襟回りにレース製の飾りをつけている。手にした槍《やり》先には金襴《きんらん》の旗印。首から提げた勲章のようなものには、後光を背負った女性の立像が彫られている。

「聖神母騎士団！」

驚愕《きょうがく》の声があがった。

「異端者狩り……？　い、いったいどうして、今こんなときに」

「貴顕の皆様方、どうかお静かに、お静かに」

兵士たちが作る人垣を押しのけるようにして、広間の中央に進み出てきた男がいる。

「バウマン、貴様……」

リートがおびえる弟妹たちを後ろに庇いながら、法服の宰相をにらみつけた。

「今日のこの日に、しかも来賓方の居並ぶこの場に、このような無粋な輩を踏み込ませるとは、いかなる料簡《りょうけん》だ！」

「陛下」

手のひらを胸に当て、一礼するバウマンの態度に、悪びれた様子はない。

「この者たちは聖神母教中央教会の教皇猊下よりの勅許状を持参の上にて参上いたしたる者でございます。これより、聖神母の敵たる享楽の悪魔を逮捕、連行いたしたく」

「聖神母の敵だと？」

「はい」

バウマンは獰猛な顔で、にや、と笑う。

「これなる『ショコラ』は、人々を堕落せしむる享楽を植え付け、世を乱す魔性のものであること、すでに当人が自白しており、その証人もおりますれば、もはや言い逃れは不可能にて」

バウマンの太い指が大広間をぐるりと指し示す。

「そこなショコラティエを、すみやかにお引き渡し願いたく……っ、や、奴はどこだ！」

狂信の宰相が叫ぶ。その声が響いた瞬間には、すでに湊は大広間を脱出していた。

「こちらだショコラティエ。全力で走れ！」

シャンデリアと黄金で飾りたてられた王宮の廊下を、湊はコンラートに急かされるまま懸命に走った。だが連日の激務に疲れ切った体はそれに耐えられず、建物から出た瞬間、どさあ！　と派手な音を立てて前のめりに転倒してしまう。

「い、痛っ……」

地面で、膝と肘をしたたか強打した。こんなときでもとっさに手を庇ってしまう習性が身についているからだ。「ああもう、何をしているんだ！」と、コンラートが苛立たしげに叱咤する。そして不意にその姿が、するん、と変化した。

遠い昔、きつねに変化した祖父がやって見せたように、着重ねたままの衣服から獣化した体が飛び出てくる。コンラートが化けたのは、巨大な、灰色の——。

「お、狼《おおかみ》？」

「乗れ」

ぺたん、と狼が身を伏せる。

「早く！」

促されるまま、毛皮の下にしなやかな筋肉のついた体に、よろよろとまたがる。聖神母教の騎士団が王宮から飛び出てくるのと、コンラートが強靭《きょうじん》な後ろ脚で地面を蹴るのとが、ほとんど同時だった。

びゅん……と、湊の耳元で風が鳴る。

「くそっ、あいつら」

ふだんの折り目正しさなどどこかに投げ捨てた、という口調で、コンラートがうめく。

「尻毛をむしりやがった！　憶えてやがれ！」

一方湊は、何が何だかわからぬまま、必死に狼化したコンラートの襟回りの毛にしがみついていた。まるでサーキット場を最高速度で疾走するレーシングバイクに乗せられているかのようだ。体の周りで、ひゅんひゅん、と風が鳴っている。

「ひええ……！」

落ちたら死ぬ。その恐怖に竦み上がりながら、湊は灰色の毛並みの上に身を伏せていた。


湊を乗せて走りに走った狼がようやっと足を止めたのは、精霊の森の泉の前だった。コンラートは「ふう」と息をつき、まるで振り落とすように背中の湊を地面に下ろすと、ばちゃばちゃと水音が立つ勢いで泉の水を飲み始めた。そして当座の渇きを癒すと、べたん、と腹を地面につけて動かなくなる。ふらふらと頼りなく尻尾を振って一言。

「死ぬかと思った……」

絶叫マシン並みのスリルに振り回され続けた湊は、それはぼくのセリフだな、と内心思いつつ、どうやら彼が懸命に自分を逃がそうとしてくれたことは察せられたので、その灰色の毛並みを、感謝の心を込めて撫でた。

「何が何だかわからないけど、ありがとうコンラートさん――というか、あなたって、こんなにきれいな狼さんだったんですね」

以前、獣人は宮廷政治の世界では不利を強いられるので、もう一〇年近く獣姿にはなっていない、などと言っていたが、それはちょっともったいないな、と湊は思う。灰色の巨大狼は鼻先から尻尾までが流線型で、まるでスポーツカーのような格好良さだ。容姿で評価するわけではないが、こんなに美しい生き物が排斥され、肩身狭く生きているなんて――。

「お褒めに与《あずか》って光栄だが、事態は切迫している。貴殿はすぐに向こうの世界の自宅に戻ってくれ」

口周りをびっしょり濡らした泉の水を、しびびび、と身震いで振り切りつつ、コンラートは告げた。

「そして二度とこちらの世界には来るな」

「――えっ？」

告げられた言葉から受けた衝撃に、湊はわけもわからず目をしばたたいた。そんな湊の顔色を、コンラートは狼の目で見上げてくる。

「すまない、来いと言ったり来るなと言ったり、手前勝手なことを言っているのはわかっている。だが宰相が――バウマン枢機卿が、中央教会の勅許状を取ってまで貴殿を逮捕拘禁しようと企むなど、さすがに想定外だった」

「逮捕拘禁？」

「ああ、貴殿の作るショコラが、単なる甘いお菓子の範疇《はんちゅう》を超えてあまりに人々の心を捕らえ始めたので、享楽を否定し慎みを重んじる聖神母教にとって脅威だと見なされたらしい。宰相の――あの男の野心は、皆が皆、聖神母に揺るがぬ信仰心を捧げていた先代王クラウス六世の御世を再現することだからな」

「ちょ、ちょっと待って」

湊は手を振ってコンラートの話を遮った。

「で、でも、ぼくは別にセイシンボキョウとやらに反逆する気なんて……！」

「貴殿、王陛下に『ショコラは魔性のものだ』とお話ししたのだろう？」

それを誰かに盗み聞かれていたのだ、とコンラートは言う。その「誰か」は、おそらくは金目当てに、その情報をバウマンにたれ込んだ。

「魔性とはつまり、彼らにとっては、この世の御親たる聖神母に仇《あだ》なす存在だ」

「そ、それは違う。そういう意味じゃない。ぼくはただ、ショコラには有無を言わせず人の心を捕らえる力があると言っただけで――……！」

きちんと公式の場で釈明すれば、皆にもそう納得してもらえるはずだ。

すがるようにそう提案した湊に、コンラートは「甘いな」と告げて首を横に振った。

「貴殿の住む世界ではどうだか知らんが、こちらの世界では逮捕拘禁イコール拷問ないし処刑による死の宣告だ。異端審問や裁判など、単に形式だけのものだ……貴殿の祖父に先代の王が捕縛命令を出したときも、そうだっただろうが」

「――ぼくの祖父……？」

王の捕縛命令？　何のことだ？　それは、いつの話だ？

湊の表情から、そんな疑問を感じ取ったのだろう。コンラートは、狼姿のまま、ふう、と人間のようなため息をついた。

「そうか、貴殿——知らされていなかったのか。いや、わが王が故意に沈黙していたのだな。貴殿に負い目を感じさせまいと」

「……リートが？　何、それ、何のことっ？」

「陛下が沈黙しておられたのなら、貴殿は知る必要は——」

「コンラートさん！」

湊が問いつめる。その鬼気迫る目を見て、コンラートは全身の毛をぶるぶると震わせた。ためらいを振り払うように。

「……わが王は、幼い頃より父君クラウス六世にひどく疎まれておいでであった。クラウス王はバウマン宰相から獣人は聖神母の教えに背くけがれた存在だと吹き込まれ、それを鵜《う》呑みにしておられたゆえな」

このことは以前にも話したな、とコンラートは息を継ぎつつ続けた。

「アルトリート王子は、ふだんはまるでいないかのように無視をされ、たまに声をかけられれば『よりによって貴様のような獣人がわが跡取りとは』と吐き捨てられる始末。だが当時はまだマクシミリアン王子はご誕生あそばされておらず、王家に男子はアルトリート王子のみ。クラウス王は嫌々ながらアルトリート王子を王太子として遇しておられた。そのアルトリート王子が、ある年、父君の冷遇に耐えかねて家出をされた」

「——……っ」

それがいつのことかは、湊には心当たりのありすぎる話だ。だがリート本人から聞かされていたよりも、事態はもっと深刻で悲惨だった。リートの父は、わが子への愛情よりも、あのバウマンという男の下らない偏見に満ちた讒言《ざんげん》を優先するような男だったようだ。いたいけな幼児の頃ならともかく、そこそこ自我が芽生える年齢にもなれば、そんな親の元からは家出のひとつもしたくなるだろう。それがあの夏だったのだ。

「クラウス六世陛下は捜索の末、家出息子の滞在先を捜し当てた。だがそこは、獣人でなければ通れない通路の向こうの異世界で、皮肉にも宮廷から獣人を排斥していた王には、手も足も出せない場所だった。そこで王は――」

クラウス王は、卑劣な手を使って息子が自ら王宮に戻るようにし向けた。かわいがることは一切しないくせに、国の体面上、「王太子」が不在であっては困るからだ。

「王は、わたしの――このコンラートの父に命じた。『獣人である貴様の子にくだんの通路を開けさせ、手勢をかの異世界へ送り込め。あのきつね爺《じい》めがアルトリートを庇うようなら、一族もろとも殺してでも息子を奪還せよ』と」

「――えっ」

湊は絶句した。あのきつね爺とは、祖父の他にあり得ない。祖父と、その一族とは、つまりこの自分のことではないか。

――あのとき、祖父と自分に、命の危機が迫っていた……？　湊は唖然とする。そんなこと、今の今まで少しも知らなかった……。

　湊の戸惑い顔を見て、コンラートはすべてを話すべきだと腹を括ったようだった。一呼吸置いて、口を開く。

「わたしの父は、自分の息子が獣人で、かつアルトリートさまの遊び相手であることもあって、かねてよりアルトリートさまに同情的であった。王子の家出も、居場所のない宮殿で鬱屈しているよりは、少しの間くらい——と静観する構えだった。だから王の命令も、そのまま実行するような真似はしなかった。王の命令といえど、あまりにひどいと思ったのだろう。その代わり、わたしに手紙を届けるよう命じた。その内容は——」

——王子がそちらにおられるままでは、そちらで王子を保護しておられる方々に累が及ぶ。今のうちに、そっと戻ってこられるが吉でありましょう……。

「わたしが手紙を届けた後、数日も経たぬうちに、王子は自らこちらへ戻ってこられた」

「そ、そんな、じゃあ……！」

　じゃあ、あのときリートは、祖父と湊の命を守るために、父親の元に戻ったのか。戻ればまた、冷たく扱われると知っていながら——。

　それなのに、湊は「父親の元に戻る」というリートをけなし、「だいきらいだ！」などと罵ってしまったのか。そしてそのあとも、ずっと何も知らずにリートを恨んで……あまつさえ、大人になってからも、何も知らないくせに「あなたを許すよ」なんて上から目線でリートに接して——……！

「ショコラティエ、すまぬがもう時間がない」

巨大な狼は、大きな黒い鼻先で、茫然としている湊をつついた。

「貴殿とわが王とがこの上ない想いで通じ合っていることは承知している。いきなりこんな、今生《こんじょう》の別れを強要してしまってすまない。だが、聖神母教教皇の権威は、国家の王のそれをも上回る。もし、貴殿があの狂信的な騎士団《やつら》の手に落ちでもしたら、わが王の力をもってしてももう助け出すことは不可能。待ち受けるのは、拷問か処刑による死しかない。そうなればわが王はさぞかし己《おのれ》をお責めになられようし――それならいっそ、二度と会えずとも、貴殿が元の世界でつつがなく生きているほうが、まだ……」

「嫌だ」

湊は激しく首を横に振った。

「嫌だ、このままリートと会えなくなるなんて、そんなの嫌だ！」

「ショコラティエ！」

「コンラート！　ぼくは！」

湊は思わず、この宮廷官僚の名に「さん」をつけずに叫んだ。

「ぼくは、すでに一度、リートとの関係で過ちを犯した。あのときぼくは、リートのぼくへの気持ちを信じて、帰らないでくれと言うべきだった。少なくとも、あんなひどい別れ方をするべきじゃなかった！」

コンラートは圧されたように沈黙している。その顔に、湊はたたみかけた。

「自分の心と素直に向き合わず、大切な人との関係を雑に扱ったツケは、いつか必ず払うことになる。実際、ぼくはそのあと、長いこと後悔を引きずって生きてきた。あちらの世界で築いた友人たちを失ったりもした。またそれを繰り返すのは、もう嫌なんだ……！」

「だ、だが、ショコラティエ、それでは貴殿の命が……そんなことになれば、わが王は――」

「大丈夫、ぼくだって死にたいわけじゃない」

湊は精一杯の微笑を頬に刻んだ。

「それに、ぼくにもしものことがあったら、リートがどれほど自責の念を背負い込むことになるかも、理解しているつもりだ。ただね、コンラート」

しゃがみ込み、狼と視線を合わせて、その首筋の毛並みを撫でる。

「これっきりで会えなくなるのなら――それなりに、きちんと、筋を通してお別れしたいんだ。こんな風になし崩しじゃなく……あ、あのとき、みたいなひどい別れ方じゃなく、ちゃんと、ありがとう、愛してた、よ、って、言って……っ……」

ひぐっ、とのどがひき攣れる。ああ、ダメだ。もう声が出せない。涙が滂沱《ぼうだ》と滴り落ちる。リート、リート――……！　どうかもう一度だけ、あなたに会いたい……！

灰色狼の鼻先が、ふたたび、ふぅ、とため息をつく。彼が「わかった」と応えようとする寸前――。

「残念だがそれは叶わぬことだ」

野太い声が響いた。同時に、ジャキン……！　と、穂先に金襴の飾り帯をつけた槍が、ぐるりと湊とコンラートを取り巻きながら、近づいてくる。聖神母教騎士団だ。そしてそれを率いるのは――。

「バウマン枢機卿……！」

コンラートが前脚を低く踏ん張り、牙を剝き出して威嚇しながら毛並みを逆立てる。「宰相」と呼ばなかったのは、おそらくもはやこの男を自分の上司と見なしたくない、という意志の表れだろう。

「コンラート、まさか卿が、あれほど厭《いと》うておった獣化をしてまでその男を逃がそうとするとはのう……卿の身もこれで終わりじゃな」

「ウウ……！」

コンラートの威嚇する姿に、湊もはっと気づく。そうだ、聖神母教を敵に回せば命が危ういのは、彼も同じではないか。それなのに彼は、ぼくを逃がすために――。

「構うものか」

コンラートが低く、地の底から響くような声で告げる。

「このショコラティエどのは、長い孤独と不遇に耐えてこられたわが王が、心の支えとし、想いを懸けてこられたお方――わが主《あるじ》の幸せそのものだ！　それに、このショコラティエどのが王の幼い弟妹方や継母さまのために力を尽くす姿、それに、その姿を遠目に眺めるわが王の熱を帯びた目を見て、わが身のことなどどうして考えられようか！」

「コンラート……！」

「わたしは、自ら望んでアルトリート三世陛下に忠誠を誓った身。陛下の大切な方のお命をお守りするのは当然のことぞ。バウマン。このショコラティエどのの身は、貴様などの手には決して渡さぬ！　先代王に下らぬ偏見を吹き込み、親子の情が通うのを妨げ、わが王の不幸のもとを作った貴様などには、決してだ！」

ふだんの冷静さからは思いも寄らぬ激しさで、コンラートはバウマンと騎士団に向かって咆哮《ほうこう》した。そこから伝わってくるのは、アルトリート三世に対する燃えるような忠誠心。そして、さかしら顔で人の幸福を邪魔立てする輩への、純粋な怒りだ。

「……ふん、阿呆《あほう》めが」

バウマンはそんなコンラートを鼻で嗤った。そしてずらりと槍を構え、包囲網を築く騎士団に、何やら手で合図を送る。

騎士団が、槍先の飾り帯を旗印のようにひるがえしながら、まるでバウマンの手から伸びた糸に操られでもするかのように、いっせいに一歩前へ進む。

さらに、二歩、三歩と進むにつれ、包囲網が狭まっていく。コンラートはますます姿勢を低くし、ウウウ、と低いうなり声をあげながら、湊に向かって「摑まれ」と囁いた。

「……あの槍先からは、嫌な臭いがする。たぶん対獣人用の毒が仕込んであるのだろう。浅手を負わせるだけでも充分効果があるから、おそらく最初から致命傷を与えるつもりで突っ込んではこないはずだ。最初の一撃さえかわせば、チャンスはある。奴らを突破して、例の通路に逃げ込めば、こちらの勝ちだ」

「……っ、う、うん、わかった」

コンラートに頼り切りなのは気が引けたが、たかだか一介のショコラティエでしかない自分の戦闘力や逃げ足がからっきしなのはわかりきっている。ここは頼らせてもらわなければ仕方がない。せめてコンラートが動き出した瞬間、その背に飛び乗れるように、ひしっ、と襟首まわりの毛並みにしがみつく。

「やれ！」

ぐるりと円形に、槍先が突き出される。その物騒な障壁を、コンラートは湊をしがみつかせたまま、高く飛び越えた――。

かに、見えた。

「ギャンッ！」

「コンラートっ？」

灰色狼が、空中でバランスを崩した。湊はコンラートと共に、どさり、と地面に投げ出される。幸い、厚く茂った下草のおかげで、湊の体にダメージはない。だが――。

「コンラート！」

「っ、とどまるな！　走れ！　今はとにかく逃げるのだ！」

コンラートが、じゅうじゅうと嫌な音と臭いを立てている後ろ脚を引きずりながらも走ろうとする。

「貴殿だけ先に行け」と言わないのは、獣人の自分と一緒でなければあちらの世界への通路が開かない、すなわち、湊を逃がすことができないからだ。

何が何でも湊を逃げ延びさせる。その一念で、コンラートは地面を蹴っていた。思うように動かない後ろ脚には、騎士団の槍先についていた飾り帯がまとわりついている。それはまるで硫酸が浸してあったかのように、毛皮と皮膚をじわじわと焼いていた。毒が仕込んであったのは、どうやら槍先ではなく、聖神母の姿を織り込んだ飾り帯のほうだったらしい。相手を油断させてから絡め取る、巧妙な罠《わな》だ。

——どうにか、どうにかできないか。今この場で、せめて絡みついた帯を取ってやるだけでも……！

「今はどうにもできない！　ショコラティエ、よけいなことは考えずに逃げるんだ！」

さすがというべきか、こんな瞬間にも怜悧なコンラートは、湊の考えていることなどお見通しだと言わんばかりに、そう一喝してきた。だが逃走スピードの低下はいかんともしがたく、騎士団たちの槍先が、ずいずいと背中に迫ってくる。その飾り帯が、コンラートだけでなく、湊の体をもから め取ろうとした、その瞬間だった——。

「ぐおおっ！」

甲冑で武装した騎士の一団が、まるで木の葉のように吹っ飛んだのは。

重武装の男どもを吹っ飛ばした旋風は、白銀の色をしている。そしてそれは、雄々しいライオンの形をも持っていて——。

「リート！」

「陛下！」

「行け」

堂々たる声が低く告げる。

「この場はおれが引き受ける」

さっ、と風になびくたてがみに、湊は一瞬見とれてしまった。そんな場合ではないというのは百も承知だが、いつ見てもリートの獣化した姿は威風堂々、神懸かって美しい——。

「アルトリート王よ」

もはやリートが主君であり、自分はその臣下であることなど忘れ果てたような口調で、バウマンが告げる。

「なぜ参られた。王がかの魔性の輩の逃亡に手を貸せば、エーアトベーレン王国そのものが聖神母教に背くものとされ、聖神母を国教とする諸国を敵に回しましょうに」

「……バウマンよ、もういい」

白銀の獅子が、がりっ、と音を立てて地を掻く。

「もういいのだ。貴様との関係はここまでだ。本日ただいまをもって、宰相の職を罷免《ひめん》する」

「ほう、王たるお方が、偉大なる聖神母教と手を切ると？　身近な者へのご私情のために国を乱されるとおっしゃるか？」

あざけるような口調にも、リートは動じない。

「私情に溺れたというなら、父の側近であった貴様を、父に免じてそのまま宰相として据え置いていたことこそがそれだった。貴様の存在は、国内の聖神母教勢力を抑えておくのにも便利であったからな」

ウゥ～、と牙が剝き出された口元から、うなりが漏れる。それを見た騎士団が、明らかにひるんだ。王の威に圧されたのか、それともただ単に、大型の獣人が恐ろしいのか。

「さらにさかのぼれば、父を貴様が吹き込む迷信から解放し、獣人に対する偏見を積極的に改めさせようとしなかったこと自体が、おれの怠慢だった。頑迷な父と向かい合い、改めて情愛を否定されるのが怖かったのだ。その臆病が、回り回って大切な忠義の臣と、愛しい恋人を危険にさらすことに繋がった――貴様と手を切ることは、おれなりのけじめだバウマン。ここは通さぬ。おれはおれの力で、ミナトとコンラートを守る！」

――リート……！

湊はコンラートの後ろ脚から、苦心して毒浸しの布を取り去りつつ思った。リート、あなたはいつもそうだったんだな。あの子ども時代の夏も、ぼくがあなたの宮廷で働くようになってからも、いつもそうして、どうしたら大切な人を守れるか、どうしたら人の心を傷つけずに済むかと考え続けて、いつも最後には自分の身を盾にしてきたんだな……。

「王は大丈夫だ、ショコラティエ……」

コンラートが、苦痛をこらえつつ告げる。

「腹を括られたあの方に敵う者はおらぬ。この場は王に任せて、我らは何としてでも逃げのびるのだ」

「――っ、う、うん」

ここでゲームの勇者のように、ぼくも一緒に戦うよ、と言えたら、どんなによかっただろう。ぼくもじいちゃんのように獣人だったら――と、ちらりと考えつつ、湊はコンラートを支えて懸命に逃げた。今、自分にできることは、せめてリートの気持ちに報いること。そして、このコンラートを安全な場所に逃がすことだ。

「リート！　どうか無事で！」

一瞬振り向き、声を張る。「ああ」という頼もしい返答を得て、森の中を走る。幸い、くだんの洞窟の入り口は泉からそれほど離れていない。ふたりは――ひとりと一匹は、無事にひやりと冷たい空気に満ちた洞窟にたどり着き、互いの足もとを気遣い合いながら、エレベーターの蛇腹扉までやってきた。

がちゃりと扉を引き開け、中に飛び込み、閉じて降下ボタンを押す。たったそれだけの動きにかかる数秒の時間が、永遠のように思えた。

ウィーン……と、古い機械が動き出す。エレベーターの箱の中で、湊は思わず、べたりと床に座り込んだ。仕事ばかりで特別鍛えていない体は悲鳴をあげ、荒い呼吸が収まらない。そうだ、ぼくのことよりコンラート。コンラートは……？

ちーん、と到着の合図が鳴る。湊は蛇腹扉をもどかしく引き開け、コンラートが自ら動き出すより早く彼の体を引きずり出そうとした。結局ほとんど助けにはならず、コンラートは自らよろよろと動いて扉を出、ビルの廊下でどさりと倒れ込む。

「コンラート！」

「ウ、ウゥ……」

豊かな毛並みのしなやかな体が、苦しい呼吸に波打っている。後ろ脚につけられたただれた痕が痛々しい。もしかして、傷口から毒が体内に入った……？

（でも……飾り帯に触ったぼくの手は、何ともない……）

ということは、この毒は本当に獣人にだけ作用するものなのだ。湊はコンラートの体を揺さぶりつつ、「人間に戻って！」と叫んだ。

「人間に戻ってコンラート！　できない？　できないんですかっ？」

「グ、ウウゥ、ウ……！」

灰色狼はぐったりとうめくばかりだ。湊は焦った。どうしよう。どうしたらいい？　このまま人間に戻れなければ、どんどん衰弱してしまう――……！

（そうだ！）

湊はすくりと立ち上がり、迷わず厨房へ駆け込んだ。そして目当てのものを見つけ、ひったくるようにして抱え込み、また駆け戻る。

「しっかりして、コンラート……！」

持ってきたのは、リートの弟妹たちのために作ったショコラの模型《ジオラマ》の試作品だ。一番難しかった宮殿の正面玄関部分。その一部をポキリと折って、だらりと舌を出しているコンラートの口の中に突っ込んでやる。だがそれは何度試みても口の中からコロリと転がり出てしまった。模型《ジオラマ》を成形できるほど堅いショコラは、体温ではなかなか溶けないからだ。食用のものなら、人間の体温程度ですぐに溶けるのだが――。

「くそっ、ココアパウダーのほうがよかったか……！」

だが、取りに戻るのはまどろっこしすぎる。湊はショコラをがりりと嚙み、口の中で砕いてから、コンラートののどに直接流し込んだ。

「グ、ウウゥ、ウ」

ほどなく、湊がもくろんでいた反応があった。ショコラの効果――と言っていいのかどうかは微妙だが――で、コンラートの体が獣から人のものへ変化したのだ。常に片眼鏡《モノクル》をかけ、きっちりと整った装いをしていた青年が、全裸の素顔でむくりと起き上がる。

「む、無茶なことを、ごほっ、してくれたものだな――」

そしていきなり文句を言う。

「獣人にとっては……ごほっ、ショコラも毒だ。毒槍を食らった体にさらに毒を飲ませるなどとは――」

「ごめんなさい、いちかばちかで……。とにかく人間体に戻らないと死んでしまうかと思って――」

「……まあ、結果は悪くなかったがな」

コンラートはそうつぶやき、自身の右足を見た。そこには熱傷状の傷こそ残っているものの、あのぶすぶすと徐々に焼かれていくような無惨な現象はもう起こっていない。

その傷を庇いながらも、すまないが着るものを貸してくれ、とコンラートが立ち上がったときだった。

停止していたエレベーターが、ふたたび、ゴウンゴウン、と音を立てて動き出したのは――。

ちーん、と到着を知らせる音。

「……誰だ？」

コンラートが眉をひそめて不審がるのに、湊は「たぶんリートだ」と応える。

「この通路は、獣人でなければ通れない。あの場にリート以外の獣人はいなかったでしょう？」

湊もまた、立ち上がり、恋人を出迎えるために蛇腹扉の前に立つ。

「リート、よく無事で――……！」

だが、がしゃり、と開いた扉の向こうから現れたのは。

白銀の獅子では、なかった。

若き国王の姿でも、なかった。

そこに、にやり、と分厚い笑みを浮かべて立っていたのは――。

「捕まえたぞ、魔性の者め」

豪奢な法服の袖から伸びた手が、がしり、と湊の手首を捕らえる。

獣人しか通れないはずのエレベーターの通路をひとりで通ってきた者。

それは、バウマン枢機卿だった……。


——ふと気づくと、湊は襟首を摑まれて、ずるずると引きずられていた。

摑まれて？　いや、違う。咥えられているのだ。まるで子猫が運ばれるときのように、何か巨大な生物に、衣服の後ろ襟を……。

「ん、あ……な、なに……？」

吹きかけられる吐息がひどく生臭い。頭が、ぶん殴られたときのように、ずきんずきんと痛んでいる。おまけに情け容赦なく引きずられているために、手足や腰があちらこちらにぶつかり、そのたびに鈍痛が走った。

（ここ……洞窟の中だ。引き戻されたのか？　どうやって……？）

この状況になるまでの記憶がない。どうやら短時間ながら湊は気絶していたらしかった。そうだ、確かエレベーターを開けると、そこにバウマン枢機卿がいて……。

（じゃあ、今ぼくを引きずっているのはバウマン……？　いや、でも、それにしては……）

バウマンならば、口に咥えて運ぶはずがない。加えてバウマンのサイズが、妙に大きい。元々肥満体ではあったが、こんなに大きくのしかかるような、巌《いわお》のような大男だっただろうか？　それに何だか、時々触れる体が、みっしりと体毛に覆いつくされているような気がする。これではまるでゴリラ……いや、もっと重量感のある……。

「熊……？」

そうだ、あのエレベーターはふつうの人間ひとりでは動かせないはずだ。獣人か、獣人が共に乗り込むのでなければ、あの蛇腹扉は開かないはず。それをバウマンは、ひとりで乗り込み、やってきた——……。

「枢機卿……あなた、まさか……」

だがそんなことがあるのだろうか？　獣人を否定し、排斥する聖神母教の高位聖職者が、実は獣人だったなんて——……。

「フッ、フッ、フッ」

獣の生臭い吐息がうなじにかかる。返答はない——。

ずるずると引きずられるがままに連行されて、徐々に目に入る光の量が増えてくる。やがてさっと吹きつける風に植物の香りが混じり、鳥たちの鳴き交わす声が——。

「ミナトっ！」

慕わしい声がする。「リート」と小さな声でそれに応じた瞬間、どさりと地面に落とされた。

どすん、と押さえつけてきたのは、丸太のように太い足と、鉤爪だ。あまりの圧力に、「ぐふっ」と苦鳴《くめい》が漏れる。

「おのれバウマン、貴様、ミナトを——！」

「フフ、ハハハハハ、王よ！」

大熊がバウマンの声で雄叫びをあげる。

「若き王よ。そなたが我を敵とするならば、我もまた真の姿を現さねばならん。だがしかし王よ、この姿を見たからには、生きてこの森から帰れると思われるな！」

ずしん、と地を踏む音。踏みつけてくる力から解放された湊が目を開くと、そこには対峙する茶褐色の大熊と、白銀のライオンの姿がある。

グフグフ、と涎を垂らす仁王立ちの大熊。四肢を踏ん張り、グルルル……と牙を剝くライオン。

そのただならぬ殺気に反応したのか、鳥たちが大慌てで逃げ去っていく気配を感じる。

「聞かせろ、バウマン」

一触即発の空気の中、リートが威厳と怒りをないまぜに、問う。

「聖神母教の聖職者である貴様が、なぜ獣人なのだ……？　貴様も生まれて間もなく、精霊の祝福を受け、獣人となったのであろう？」

「そのことか。ふん、下らぬいきがかりよ。我の両親は聖神母教の敬虔《けいけん》な信徒であった。だが、この森に住まう精霊とやらは、嫌がらせなのか単なる気まぐれか、生まれたばかりの我に乳を与え、獣人としてしまった。父母は聖神母の万民平等の教えを尊び、『特別な能力を持つわが子』など欲していなかったゆえ、それはそれは悲しんで、運命を呪い――我はその嘆きを聞いて育った。聖職者となったのは、その父母の悲嘆を少しでも慰めたくてのことだ」

「……」

リートは何やら複雑な面もちで沈黙している。そんな若い主君に、バウマンはさらに言い募った。

「父母は我が聖職者として出世することを喜んでくれた。我が獣人であることを自己否定し、獣人を非難すればするほど、よい子だと褒めてくれた。我がクラウス六世陛下の宰相となり、聖神母教の教えを国教となしたのを見届けて、父母は共に安らかに、満足して死んでいった――その、父母の魂の安らぎのために！」

大熊が、ぐわっと仁王立ちする。

「聖神母の御教えに反するものの跋扈を、許すわけにはいかぬのだ！」

鉤のような爪の生えそろった巨大な手が、ぶおんと音を立てて空を切る。白銀のリートは、その一撃を華麗な動きで跳びすさってかわした。

（リート……っ）

痛む頭をこらえて身を起こして見れば、二頭の大型獣が対峙している草地の周囲には、聖神母教騎士団の騎士たちが累々と倒れている。おそらくリートが彼らを全員倒してしまったので、焦ったバウマンは自ら湊をさらいに向かったのだろう。リートに対して人質にするためか、それとも、そのまま教皇の元へ連行するためか――。

(た、助け、なきゃ――……)

誰を？　むろん、リートをだ。だが、どうやって？　たとえ湊が決死の覚悟で組み付いたところで、あの大熊にとっては蚊が刺した程度のダメージにすらならないだろう。何か知恵を使わなくちゃ。何か、何か……！

そのとき、背後から、こつん、と小さな石つぶてが飛んでくる。

「……コラティエ。ショコラティエ！」

背後の木立の陰からこそこそと囁く声。小さな子どもの――。

「マ……マクシミリアンさま？」

振り向いた湊は驚愕した。双子の片割れマクシミリアンの横に、ちらりと覗く女児用のドレスの裾。グレーテだ。おまけに褐色の小さな獣の両前脚まで――。

「お、お三方とも、どうしてここに？」

「ふふ、さいしょーの馬車が出発する前に、こっそり乗ってきたんだ」

「馬車ってね、ザセキのしたに荷物入れがあるの」

「ながたび用の大きな馬車なら、子どもの三人くらい入ってもよゆーなんだよ。エルウィンは子ライオンになれば、いつものすがたよりもっともっと小さくなるし」

「んぎゃー」

小さな牙を剝き出して誇らしげに笑うエルウィンの顔を見て、湊は「何てことを……」と頭を抱えた。今頃は王宮で、エレーナ王太后が蒼白になっているに違いない。

「だってさ」

マクシミリアンが、晴れ着姿の胸を張って言う。

「ショコラティエは、ぼくたちのお母さまのオンジンだもの。むざむざバウマンなんかに渡せるもんか」

それにショコラティエがいなくなったら、もうおいしいお菓子も食べられなくなるしね、と、これこそが本音に違いないことをマクシミリアンは付け加えた。

「さいしょは兄上が、自分が追いかけてショコラティエを守るって言ってたんだけどね。王がそんなことをしたらダメだって止める奴らが多くて」

「じゃああたしたちが行こうって三人で相談して決めたんだけど」

「結局兄上が、みんなを振り切って追いかけてきたみたいね」

「ぎゃうぎゃう」

「兄上ってショコラティエのこと大好きなんだねー」

「ねー」

「ぎゃうー」

「……っ」

胸が詰まる。すべてを振り切って来たというリート。命がけで自分を逃がそうとしてくれたコンラート。そしてこの三人の小さな王子王女たち。

いつのまに、自分はこんなにもたくさんの愛を受けていたのだろう。ニューヨークから逃げ帰ってきたときには、何もかも失ったと思っていたのに——。

「でもさ、思ったとおりだったね」

「うん、なんかヘンだと思ってたんだよね」

「さいしょーって時々すっごくケモノくさかったしさ」

「あたしたちを怒るときも、よくキバがちらっと見えてたしね」

「……!」

そうか、この子たちは気づいていたのか、と湊は子どもの勘の鋭さに感嘆した。リートですら片鱗《へんりん》も疑っていなかった事実を見抜いていたとは……。いや、逆に大人たちは、大人だからこそ思い込みに囚《とら》われていたのだ。獣人を否定し排斥する聖神母教の枢機卿が、獣人であるわけがない、と。

獣人……人間……

——そうだ。

湊の脳内に、天啓がひらめいた。この子たちはあの夜、この子たちだけで湊の厨房にやってきた。

そうして、そこにあったショコラ菓子を盗み食いして……。

「お三方とも、お聞きください」

湊は小さな子どもたちを三人――ふたりと一匹――を、まとめて抱き寄せ、ひそりと囁いた。

「ぼくのビルを憶えていますか？　以前、あなた方がお菓子を食べた部屋のことも」

「うん、もちろんだよ！　あのピカピカ光る調理台のある部屋だよね！」

「あの部屋から、…………を、持ってきて欲しいんです。いつも差し上げるお菓子の上にかかっているショコラ色の…………です。わかりますね？」

「うん、わかる！」

「では、お願いします。それからビルの中にはコンラートがいるはず。ケガをしているので、容態が心配です。お願いしたものを持ってきたらすぐに戻って、そばについていてやってください」

「わかった、おいでエルウィン！」

「ぎゃう！」

小さなふたりと一匹が、ぱたぱたと森の中を駆け去っていく。その後ろ姿を、湊は祈るような気持ちで見送った。どうかうまくやってのけて欲しい。でも、危ない目には遭って欲しくないから、どうか一刻も早くここから遠く離れて――。

相互に矛盾した祈りが、胸の中でねじれてもつれ合う。そしてそれをも容赦なく遮断するかのように、二匹のけだものが互いに威嚇の雄叫びを放つのが聞こえた。

――ガウウウウ！

――ガオォォォ！

大熊の鉤爪が空を切る。その軌道から、白銀のライオンが華麗に跳びすさって身をかわす。とん、と小鳥よりも身軽に地を蹴って、大きく跳躍。熊の頭上を軽々と越える。そのまま、背後を取って、突進——しようとして、旋風のように素早く振り向いた熊の一撃を食らう。

——グアゥ！

飛び散る鮮血。跳ね飛ばされるライオンの体。その光景に、湊は息を呑んだ。どうやらパワーではバウマンがリートを上回るようだ。人間の姿のときは、いかにも鈍重そうな老人だったのに——。

「グフ、グフ……」

大熊が、涎を垂らしている。その目にはすでに人間の理性はない。対するリートは——まだ人間らしい怒りの表情が残っている。おそらく力の差はそこに起因しているのだろう。バウマンは人間であることを止めた。血の臭いを嗅いだからか、狂信のゆえか。それとも、主君である王を傷つけ、引き返す道を失ったゆえか——とにかく、けだものの本能に忠実になった——だから……。

（リート！　リート……！）

あなたを守りたい。そのためなら何でもする。どんな危険でも冒してみせるのに、今のぼくはあまりにも無力だ。もどかしさに、はらわたがねじれる。あの三人に頼むのではなく、自分であのビルの厨房に戻れたら、どんなにか——……！

湊が甲斐のない祈りに身を焦がしている間にも、リート対バウマンの戦いはじわじわとバウマンが優勢になっていく。大熊の鉤爪が幾度も白銀のライオンの体をかすめるのに、ライオンのほうは大熊のふところに入ることができないでいる。おそらく互いのリーチの差だろう。だが不利を悟ってなお、白銀の獅子に退く気配はない。

「リート、逃げて。お願いだから逃げて！」

たまりかねて、湊は叫んだ。あなたはいつもそうだ。あまりにも勇敢で男気にあふれ、自分の不利益やケガを恐れない。ぼくを守るために嘘をついて、憎しみを黙って引き受けて去っていったことも。獣人だからと侮られ、仮の王だと蔑視されつつ、責務を果たしていたことも。そうして今、危地に陥ったぼくを救うために、巨大な敵に立ち向かっていることも――。

――リート、どうかお願い。ぼくにあなたを守らせて。ぼくとあなたが出会ったことで、あなたにも幸運がもたらされたのだと、どうかぼくに信じさせて！

「リート！」

「グゥ？」

大熊が、湊の叫びに反応し、顔を上げる。

その濁りきったまなざしに恐怖しつつも、リートは身を隠していた低木の茂みから立ち上がった。大熊の茶色い巨体が、のし、とこちらへ踏み出してくるのを見た瞬間は、本気で蛇ににらまれた蛙《かえる》の気分を味わった。

それでも、なけなしの勇気を振り絞って、森の中の獣道を逃げる。自分の運動神経のなさとトロくささがこれほど恨めしかった瞬間はない。「ミナト！」と血を吐くような叫びをあげたのは、リートだろう。

「待てバウマン！　ミナトを追うな！　貴様の相手はこのおれだろう。まず先におれを倒せ！」

リートの声には、恐怖と必死さがいっぱいに詰まっている。だけれどもそれは湊も同じだ。ぼくだって、これ以上、リートの体が傷と血に汚れるのを、ただ見ていることには耐えられない。もう、耐えられないんだ――安全に、ただ守られているだけなのは！

湊は手頃な角度で斜めに生えている大木に取り付いた。枝の張り方もいい具合で、これなら、さほど体を動かすのが得意でない湊でも高くまで登れる。だがそれを見たリートは、獅子の瞳を瞠って吠えた。

「よせミナト！　熊の木登りは人間よりずっと達者だ。上に逃げても捕まえられる！」

――知ってるよ。

湊は心の中だけで返答をした。少しだけ時間を稼げればいいんだ。それと、ぼくの位置がバウマンの頭上に来るようにさえできれば――。

「ショコラティエー！」

そのとき、元気な幼子の声が、希望そのもののように明るく響きわたる。洞窟から駆け出てきたのは、双子の片割れマクシミリアンと、幼獣姿のエルウィンだ。グレーテはおそらく、ケガをしたコンラートについているのだろう。

「ショコラティエー！　言われたもの、持ってきたよー！」

「ありがとう、それをこちらへ！」

湊の声に応えて、子ライオン姿のエルウィンが、ぽーんと軽快に地を蹴った。

とんとん、とん、とリズミカルに、小さなライオンの子が枝から枝へ飛び移りまた飛び移り、湊のいる樹上に近づいてくる。最後には巨樹の幹に取り付いた大熊の額を、とん、と蹴って湊の腕の中にたどり着いた。

その口には、手のひらに乗るほどの小さなアルミ缶が咥えられている。

——よし、これで……！

湊はエルウィンの体を抱え直し、太い枝の根本に腰を据えた。そして、ずんずんと大熊が登ってくる恐怖に必死に耐えながら、缶の蓋をこじ開けて待ち受ける。

「グオォォォォ！」

大熊が咆哮する。その瞬間を狙い澄まして、湊は缶の中身を熊の顔面めがけてぶち撒《ま》けた。

「グ、グホッ！」

浴びせられたパウダー状のショコラが目や口や鼻に入り、大熊が狼狽《ろうばい》する。木の幹から両手を離し、必死に顔をこするうち、大熊の姿が、ぶよん、と変化した。

「う……うわぁぁぁ！」

ガサガサ、バキリと枝を折る音と共に落下していったものは、もう熊の姿をしていなかった。ただの肥満体の老人——それも全裸の——だ。

どすん、という音がしなかったのは、おそらくその体が灌木《かんぼく》の枝に受け止められたためだろう。よかった――と安堵すべきかどうかわからないが、おそらく命に別状はないはずだ。

湊は、ほーっ……と、息を吐く。

そのとたん、これまで成人男子ひとりの体重に耐えていた枝が、根本からめりめりと音を立て始めた。ひえっ、と息を吞んだ瞬間、それがバキリと折れる。

「うわーっ！」

落下する瞬間、湊はとっさにエルウィンを胸の中に抱き込んだ。こんな幼獣にケガをさせるわけにはいかない！　ぼくの命に代えてもだ！　だが、悲壮な決意とは裏腹に、湊の体は、地面に叩きつけられる寸前、強い力に受け止められた。

「リート……！」

「大丈夫か？」

それは人間化したリートだった。当然、全裸だ。厚い胸に、太い腕。獣型と人間型を行き来しても脱げない、最小限の下着だけが股間を隠している――。

「……ありがとう」

リートがほほえみながら、告げてくる。

「おれを守ってくれたんだな、ミナト……」

柔らかく、触れてくるキス。

静寂の戻った森の大気の中を、泳ぐように、祝福するように、精霊の小さな気配が飛び回り始めていた――。

＊　＊

「王が拗《す》ねておいでだ」

ある晴天の日の午後、人のはけたサロンにふらりと現れたコンラートは、松葉杖をテーブルの端に立てかけて、湊の淹《い》れたショコラにチリペッパーをひとつまみ振ったものをゆっくりとたしなみながら、思いがけないことを告げた。

「リート……王陛下が、ですか？」

あの理性的なリートが機嫌を損ねるようなことが、近頃あっただろうか、と湊は小首を傾げた。エレーナは順調に回復し、近頃は三人の子どもたちと笑い声をあげながら庭で遊ぶ姿を見るようになった。コンラートは傷を庇いながらも従前通り忠勤に励んでいるし、湊の「薬剤師」としての身分も元のままで、貴婦人たちを喜ばせている。異様な形で王が中座してしまった双子の誕生祝いの祝宴も、急遽《きゅうきょ》エレーナがもてなし役を買って出て、まずまず賓客たちに礼を失することがない形で終わることができたそうだ。それなのに――。

「……ぼく、何か、ご機嫌を損ねるようなことをしてしまったでしょうか」

「したとも。貴殿とわたしが」

「あなたとぼくが？」

「あの貴殿の住まいで、貴殿がわたしに口移しでショコラを食べさせたことがバレた」

「……」

そういえばそんなことをしたような記憶がある。湊は「うわ……」と額を押さえた。別に他意があっての行為でなかったとはいえ、知られてしまったとは何ともバツが悪い。でも、何でバレたんだろう……と内心思っていると、その表情を読まれたのか、コンラートは「王に詰問されたのだ」と応えた。

「あの日、貴殿とわたしの口元にショコラがついているのを見て、もしやと思われたらしい。猜疑心に囚われ、むやみに人に嫉妬なさるような方ではなかったのだが……恋は人を変えるのだな」

恋、と言われて、湊は顔を赤らめた。その顔を見て、コンラートはため息をつきながら、かちゃん、とカップを置く。

「だが陛下は同時に、私情で不機嫌を露《あら》わにされたことを恥じておいでのようでな。今朝は早朝から王宮を抜け出して、精霊の森へ向かわれている」

「精霊の森へ？　なぜ？」

「あそこは我々獣人にとっていわば聖地だ。嫌なことや祓《はら》い落としたい悪感情を抱いたときは、あの泉で禊《みそ》ぎをするといいと言われている」

コンラートは黒い瞳で湊を見つめた。

「行ってやってくれないかショコラティエ。王は嫉妬心と自己嫌悪の狭間で苦しまれている。あの方には今、慰めが必要だ」


湊を乗せた小さな馬車が出発すると、それと入れ違うように立派な四頭立ての馬車が王宮前に入ってくる。

見れば、乗っているのはバウマン枢機卿だった。彼は宰相の地位こそ解任されたものの、いまだに高位の廷臣として王宮に出仕している。そして彼が実は獣人だったことは、王命によって厳重に秘されていた。

（そんな事実が教団に知られたら、聖職者としての地位まで失うだろうからな……）

つまりアルトリート三世は、結局あの一件によってバウマンの弱みを握り、その秘密を守ることと引き替えに、湊が異端者として裁かれるのを防いだ——ということになる。いかに憎い相手であっても、感情に任せて安易に処断せず、きっちり利用するあたり、リートも案外、したたかだ。

小型の馬車に揺られること数十分。

窓から吹き込む風に、さわやかな草木の香りが増してくる。湊は獣人ではないが、この場所を獣人たちが聖域だと感じる気持ちはよくわかる。

馬車を降り、御者に「ここで待っていて」と言い置いて、さくさくと下草を踏みつつ森の中に分け入る。泉は、獣道が何度か曲がりくねった先にあり、なかなか見通しが効かない。

だが進むにつれ、ばしゃり、ばしゃりと水を浴びる音が聞こえてくる。泉の澄んだ水に腰の下まで浸かり、こちらに背を向けているたくましい裸体が、灌木の向こうに見えてきた。

「リー……」

名を呼びかけて、思わず絶句する。

リートの体が男性美の極地にあることは、これまで幾度となくこの目で見てきた。けれども、木漏れ日の下、その背筋を泉の水が滴となってころころと転がり落ちていく様子に、湊は改めて瞠目《どうもく》した。

時が止まったかのような一瞬だった。背筋の隆起や、背骨に沿ったくぼみ。引き締まった腰と、その下の——下の——……。

湊は言葉を失った。その代わりに、心臓の鼓動音がどんどん高まっていく。

——リート、リート……!

つま先が、ばきっ、と枯れ枝を踏む。

その音に反応して、全身を濡れそぼらせたリートが振り向いた。

「ミナト……」

そうつぶやいたなり、目を丸くして固まっている。どうして今、ここに、とでも言いたげに。

その瞳を正面から見つめ返しつつ、湊は足を前に進めた。

三歩ほどで、ぽちゃり、と足先が清水に浸る。リートは着衣のままどんどん泉の中に踏み入ってくる湊を見て慌てたが、湊は衣服が濡れることなど構わない。

ただ、リートに近づきたかった。この美しい男と、ひとつになりたかった。この男が慕わしいという気持ちを、行為で表したかった。

「……ッ」

水中で、足がずるりと滑る。水面に倒れ伏す寸前、水を蹴立てて駆け寄ったリートの腕が、湊を支えた。

「リート」

そのたくましい腕に摑まりながら、湊は告げた。

「ごめん」

「……何を謝るんだ？」

「子どもの頃のこと」

リートが息を呑んだ。「コンラートがバラしたか」と即座にため息をつく察しのよさは、さすがと言う他はない。湊はそんなリートの腕にしがみついた。

「ごめんなさい。ぼくはずっと、あなたに怒りを抱いていた。あんなに楽しかった夏を、突然打ち切って帰ってしまったあなたが憎くて――ぼくはあのあと、もう再婚していた母親のところへ行って、肩身の狭い生活をすることになったから、よけいにあなたが恨めしくて――」

「ミナト──」

「でもそれは誤解だったんだね。あなたはぼくと祖父を守るためにお父さんのところへ戻って、それからずっと色々と嫌な思いをしながら大人になって……ぼくは……ぼくは、そんなこと何も知らないで、あなたと、自分の不幸ばかり恨み続けて──ッ」

「ミナト、おれのことはもういい。気にするな。あれはおれ自身がそうしたほうがいいと考えてしたことだ。まだ子どもだったから、考えが浅くて、君を泣かせてしまったが──後悔はしていない」

だから君が謝罪することはなにもない。リートはそう告げたが、湊は首を横に振った。

「違うんだ。ぼくがした最悪のことは、それじゃなくて──」

あなたを許して「あげよう」なんて、傲慢な態度を取っていたことだ。そう告白する声は、泣き声にかすれて今にも消えそうなものになった。もっと、ちゃんと謝りたかったのに。

「恥ずかしいよ……ぼくはあなたの犠牲と沈黙の上に守られていたのに、そんなこと何も知らずに……ごめん。ごめん、なさい」

「ミナト、ミナト」

リートは焦ったように湊の体を支え直した。そしてその目元を、チュッと音を立てて吸う。

「もういい、もういいんだ……おれが見たいのは、君の泣き顔じゃない、ミナト」

「──ッ」

「君は皆に笑顔をくれた。義母上や、弟妹たちを喜ばせ、重苦しい宮廷に楽しみをもたらし、邪悪な企みを挫《くじ》いてくれた。だから君にも、できればいつも笑っていてほしい。そのためなら、少しくらいの誤解や憎しみを受けることなんて、何でもないんだ」

力強い腕が抱きしめてくる。湊のつま先が、水中で少し浮き上がった。

「それに、恥ずかしいのはおれのほうだ」

「……？」

「君が、コンラートの命を助けるためにショコラを口移しで与えたと知って以来、おれは心が波立って——あいつへの嫉妬を抑えられなかった。君が、命を助けるためであれば、誰にでもそうするだろうと知っていてもだ」

「リート……」

「こんな王がいるか？　自分に尽くしてくれる臣下に、猜疑と嫉妬を向けて、君のやさしさを、やさしさだと知りながら苛立って……おれは——君のこととなると、どうしても理性や自制心を失ってしまう——」

リートが、湊の右肩の上に顔を伏せてくる。すがりつくように一段と強く抱きすくめられて、湊はコンラートの言葉を思い出した。

——王は嫉妬心と自己嫌悪で傷ついておられる……。

そうか、そうだった。と湊は思った。この青年はそういう人なのだ。誰よりも自制心と責任感が強く、王としての慈悲の心を持ち、それでいて、自分に厳しく、自己犠牲を厭わず——。

「リート」

湊は若い王者の体を抱き返した。どれほど力を込めても、腕を押し返すような鋼の肉体を。

「そんなあなたが好きだよ」

「ミナト――」

「あなたのことになると平静でいられないのは、ぼくのほうだ、リート。あの夏――あの夏、まだ幼かったあなたと過ごしたときから、ずっとぼくは、あなたのことが――」

あの夏、この両腕で抱きしめた幼獣の、ふわふわと温かい感触と、ひたすらに懐いてくれる仕草が、どれほど父を失った悲しみを慰めてくれたことか。

再会したあなたの、思いもかけず立派で雄々しい若獅子となった姿に、どれほどこの胸がときめいたことか。

万の言葉を尽くしても語りきれない想いを湊は唇に乗せ、口づけで伝える。吸いついて、愛撫する。

リートはその感触に目を瞠り、すぐさま閉じて、湊の唇を吸い返した。

「ん……ん、ふ」

泉の水が、ひたひたと波打つ。

木漏れ日が降り注ぎ、ふたりを光の輪の中に包み込む。それは意思ある者の仕業によって引き起こされた光景だった。おそらくはこの森に住まう精霊の――。

獣人であるリートは、何かを感じ取ったようだった。「よし」とつぶやき、いきなりその腕で軽々

と湊を抱き上げる。

「えっ……ちょ、リート……？」

ざぶん、ざぶん、と、水を蹴って力強く歩く音。

岸辺の草むらに、湊はそっと横たえられた。柔らかく瑞々《みずみず》しい草が、絹の褥《しとね》のように湊の痩身を抱き留める。

「愛している、ミナト」

張りつめた裸体で覆い被さりながら、リートが告げた。

「一生涯、おれには君だけだ」

その誓いを祝福するかのように、柔らかな光が広がる——。

言葉だけではなく、肉体でも愛を伝えようと打ち重なってくる恋人を、湊は涙を浮かべ、微笑しながら、両腕で抱き返した。

「ぼくにも、あなただけだよ、リート」

歓びの時が始まる瞬間、湊の脳裏には、幼い日から今日までの、ありとあらゆる記憶がよみがえる。

その中の、一番最初の、一番小さい姿の恋人に、湊は心からのキスを贈った。


この森に住まうという精霊たちは、どうやら奔放さを嘉《よみ》したもうらしい。

草の褥の上、木漏れ日の下で大胆に裸体を絡め合う恋人たちは、まるで祝福されるかのように光に包まれ、何の咎めも受ける気配がない。

「あ……う、ん、んんっ、リート、リート……」

濡れそぼった湊の服は、すでに脱がされて水辺の浮島に引っかかっている。ああ、そういえばコンラートさんからの借り物だったっけ、と、ふと気づく。まずいな、ずぶ濡れで泥だらけの服を見られたら、何をしていたんだと嫌味のひとつも頂戴しそうだ。

——ああ、でも、今は、そんなこととても考えていられない……。

薄い胸の上に載った小さな尖りを、リートの舌が舐めていた。初めて契った日、湊を散々に泣き狂わせた、あのざらざらした猫科の舌だ。

「リート、そこ、やだ、リート」

「ずいぶんかわいらしく鳴く」

くすりと、意地悪くリートが笑った。肌を合わせるときだけ彼は、こういう雄めいた一面をちらりと覗かせる。

「初めて会った頃は、君のほうが大人びていたのに」

「あなたがっ……！　かわい、かったんだ、よっ……！」

あの小さなかわいらしい子ライオンが、こんなに立派に成熟した雄獅子になり、今、ぼくを抱いている。幾度となく噛みしめ、そのたびに胸が疼く感慨に、また浸る。ぼくたちはなんと長い時間をかけ、なんと長い恋路を経てきたことか。それが、今、こうして――。

「リート……リート……！」

木漏れ日に照らされながら、湊は体を押し広げられた。もっとも奥まった場所までもが陽にさらされ、あられもないその姿の頭上で、鳥たちがさえずり交わしている。

「ミナト、愛している」

泉の水に濡れた銀色の髪が、たくましい肩から腕にまつわりついているのが見える。そこだけ空に抜けたかのような青い瞳が、熱を帯びて湊を見下ろしている。

「おれの、この体のどこもかしこも、残らず君のものだ」

その言葉と同時に、雄々しく勃《た》ったものに手を導かれる。硬い。硬くて、表面が凹凸《おうとつ》に隆起して、息を呑むほどに――幹が太い。握って揺らせても、ぷるんと弾んでは元に戻る。

「あなたを、こうさせているのは――ぼく？」

男の執心を表すものを愛しく撫でながら、湊は問いかける。

「君以外の誰でもない。おれは君以外には、決してこうはならない」

「嬉しい……」

湊は夢見心地だった。野外で交合するなど、ふだんの自分ならば羞恥で死にそうになるだろう。だが今は――この精霊の森の空気に包まれている今は、本能のままに振る舞うことに、何の恥じらいもない。

仰向きに寝ころんだ姿勢で、リートを迎え入れた。たくましい首に腕を絡め、両足で張りつめた腰を抱いた。

自分のすべてが、リートを導いていた。そんな湊に、リートはうち重なり、腰を押し当てた。

「――っ、う、ん……！」

押し込まれるすべてを、甘い苦痛と歓《よろこ》びの中で呑み込む。

森に涼風が吹き渡る。

その穏やかな渦の中で、リートはしたたかに腰を振った。湊は蕩けるような嬌声《きょうせい》を途切れずに放ちながら、それを受け止める。

「あっ、あ、あん、あ、リート、リート……！」

あなたが、ぼくの中にいる。

湊はそれを、体のすべて、心のすべてで感じ取り、この上なく満たされた。あなたがいる。誰よりもぼくの近くにいる。そうだ、これこそが、何よりもぼくが欲しかったものだ――。

ショコラよりも熱く、どろどろに蕩けながら、湊は愛しい男の名を呼ぶ。幾度も幾度も、繰り返し。

そして、その唇で、どんな菓子よりも甘いキスを、恋人に捧げた。

あとがき

BL《ボーイズラブ》をこよなく愛する素晴らしき皆さま。ごきげんよう。高原《たかはら》いちかです。

さて前作に続いて今作も異世界&モフモフ&おいしいファンタジーとなりましたが、いかがでしたでしょうか。

今作のテーマのひとつ「ショコラ」は、「前作がハーブだったから今度も何か飲食物がいいかなー」と軽く考えて思いついたものだったのですが、これが資料を集めて調べれば調べるほど奥が深くて、プロットを進めながら、エラいものに手を出してしまった……と焦りました。ショコラと人類をめぐる物語は、さながら知のジャングルのようで（しかも今現在もまだ進歩中だという）、それ自体はとてもおもしろいんですが、作品として昇華するとなると……。今までになく悪戦苦闘しました。

カカオと人類とのつきあいは、ざっと四〇〇〇年ほどになると言われています。それだけ多くの人々の知恵と情熱と欲望の詰まった褐色の宝石を、生半可な知識で扱っては申し訳ない、と思いまして、とにかくあたう限り勉強しようと（勉強すれば作品のレヴェルが上がるってものでもないんですが）、執筆と平行して「チョコレート検定」なるものを受験しました。このあとがきを書いている時点では合否はまだ未定なのですが、通知がありしだい、Twitter（@ichika_takahara）でお知らせいたしますね。

登場人物について。

国王アルトリート三世陛下は、おそらく治世十五年くらいで惜しまれつつ本当に退位すると思います。その後は異母弟の相談役みたいな感じでちょこちょこ政治にもタッチしつつ、湊と愛の日々を送ることになるでしょう。ある意味自分の思い通りの人生を送る人と言えるかもしれません。後を継ぐマクシミリアンは何かと比較されて苦労するかも……。

湊はどうなるかなぁ。たぶんですが異世界で宮廷ショコラティエをやりつつ、こちらの世界でもささやかに活躍するんじゃないでしょうか。作中でもちょっと触れましたが、昨今のショコラ界はファッション性が高く、一度流行に置いて行かれると、遅れを取り戻すのはほとんど不可能ですから。今現在の流行を知るためにも、レトロビルで知る人ぞ知る小さな店を経営、ってところかな。

コンラート。彼はちょっと周囲から煙たがられつつも、いずれは宰相にまで出世し、宮廷で位人臣を極める予定です。実はわりと食い意地の張った人、という裏設定があるので、ショコラサロンにはしょっちゅう出入りするでしょうね。

バウマン枢機卿。この人はもうあまり老い先長くないでしょうけど……人間体を保つためにに、という理由で、結局湊のショコラのお世話になったりしつつ、宮仕え人生を全うするはずです。

最後に、お世話になった方々について。

担当Mさま。今回は……今回も？　いろいろ大変な目に遭わせてしまってすみませんでした。

サマミヤアカザ先生。かわいらしさと切れ味のよさを両立させた絵で、拙著を彩ってくださって、ありがとうございます。大きなモフモフにくるまれて眠りたいという野望（？）が叶いました。

それでは末文ながら、皆さまの健康と幸多い生活をお祈りして。

令和元年十一月末日
高原いちか

黒猫紳士と癒しのハーブ使い

くろねこしんしといやしのはーぶつかい

高原いちか

イラスト：古澤エノ

本体価格 870 円+税

ロンドンの一角にあるティー・ルーム『アップルブロッサム』は、魔物を狩る人ならざる一族の者たちが人間界を行き来するための不思議な通り道。日本からやって来た天涯孤独のエリヤは、このティー・ルームのオーナーで黒猫に変化するマギウスに拾われ『アップルブロッサム』で働くことに。ハーブを調合する天性のセンスと“神のさじ加減”と呼ばれる特別な力を持つエリヤが淹れるハーブティーは、疲れた一族の皆を癒やしていった。温かな居場所を与えてくれたマギウスに感謝し、淡い気持ちを抱きはじめるエリヤだが、実はオーナーは仮初めの姿で、真のマギウスは手の届かない存在で…？

リンクスロマンス大好評発売中

夜の薔薇 聖者の蜜

よるのばら せいじゃのみつ

高原いちか

イラスト：笠井あゆみ

本体価格 870 円+税

二十世紀初頭、合衆国。州の中心都市であるギャングの街――。日系人の神父・香月千晴は、助祭として赴任するため生まれ故郷に帰ってきた。しかし、真の目的は家族の命を奪ったカロッセロ・ファミリーへの復讐だった。千晴は「魔性」と言われる美しく艶やかな容姿を武器に、ドンの次男・ニコラを誘惑し、カロッセロ・ファミリーを内側から壊滅させようと機会を狙う。しかし、凶暴かつ傲慢なギャングらしさを持ちつつも、どこか繊細で孤独なニコラに、千晴は復讐心を忘れかけてしまう。さらに「俺のものにしてやるよ」と強い執着を向けられ、その熱情に千晴の心は揺れ動き…？

LYNX ROMANCE イラストレーター募集

リンクスロマンスでは、イラストレーターを随時募集いたします。

リンクスロマンスから任意の作品を選び、作品に合わせた
模写ではないオリジナルのイラスト（下記各1点以上）を描いてご応募ください。
モノクロイラストは、新書の挿絵箇所以外でも構いませんので、
好きなシーンを選んで描いてください。

1 表紙用 カラーイラスト

2 モノクロイラスト（人物全身・背景の入ったもの）

3 モノクロイラスト（人物アップ）

4 モノクロイラスト（キス・Hシーン）

募集要項

＜応募資格＞

年齢・性別・プロ・アマ問いません。

＜原稿のサイズおよび形式＞

◆Ａ４またはＢ４サイズの市販の原稿用紙を使用してください。
◆データ原稿の場合は、Photoshop（Ver.5.0 以降）形式でＣＤ－Ｒに保存し、
出力見本をつけてご応募ください。

＜応募上の注意＞

◆応募イラストの元としたリンクスロマンスのタイトル、
あなたの住所、氏名、ペンネーム、年齢、電話番号、メールアドレス、
投稿歴、受賞歴を記載した紙を添付してください（書式自由）。
◆作品返却を希望する場合は、応募封筒の表に「返却希望」と明記し、
返却希望先の住所・氏名を記入して
返送分の切手を貼った返信用封筒を同封してください。

＜採用のお知らせ＞

◆採用の場合のみ、６カ月以内に編集部よりご連絡いたします。
◆選考に関するお電話やメールでのお問い合わせはご遠慮ください。

宛先

〒151-0051 東京都渋谷区千駄ヶ谷４－９－７
株式会社　幻冬舎コミックス
「リンクスロマンス　イラストレーター募集」係

この本を読んでの
ご意見・ご感想を
お寄せ下さい。

〒151-0051
東京都渋谷区千駄ヶ谷4-9-7
(株)幻冬舎コミックス　リンクス編集部
「高原《たかはら》いちか先生」係／「サマミヤアカザ先生」係

リンクス ロマンス

白銀の獅子王と祝福のショコラティエ

2019年11月30日　第1刷発行

著者……………高原《たかはら》いちか
発行人…………石原正康
発行元…………株式会社　幻冬舎コミックス
〒151-0051　東京都渋谷区千駄ヶ谷4-9-7
TEL 03-5411-6431（編集）
発売元…………株式会社　幻冬舎
〒151-0051　東京都渋谷区千駄ヶ谷4-9-7
TEL 03-5411-6222（営業）
振替00120-8-767643
印刷・製本所…株式会社　光邦
検印廃止

ISBN978-4-344-84570-1 C0293
Printed in Japan

幻冬舎コミックスホームページ　http://www.gentosha-comics.net